哈利·波特
魔法图鉴

人民文学出版社
PEOPLE'S LITERATURE PUBLISHING HOUSE

著作权合同登记号　图字 01–2024–4962

Original Title: *The Harry Potter Wizarding Almanac*
First published in Great Britain in 2023 by Bloomsbury Publishing Plc

图书在版编目（CIP）数据

哈利·波特魔法图鉴 /（英）J.K.罗琳著 ；马爱农等译. -- 北京 ：人民文学出版社，2025（2025.7重印）.
ISBN 978-7-02-019228-1

Ⅰ. I561.074

中国国家版本馆CIP数据核字第2025S1W550号

责任编辑　翟　灿　朱茗然　王玥瑶
美术编辑　刘　静
责任印制　苏文强

出版发行　人民文学出版社
社　　址　北京市朝内大街166号
邮政编码　100705

印　　刷　小森印刷（北京）有限公司
经　　销　全国新华书店等

字　　数　100千字
开　　本　965毫米×1130毫米　1/16
印　　张　13.5
印　　数　10001—15000
版　　次　2025年5月北京第1版
印　　次　2025年7月第2次印刷

书　　号　978-7-02-019228-1
定　　价　158.00元

如有印装质量问题，请与本社图书销售中心调换。电话：010-65233595

“哈利·波特”
官方魔法周边书

J.K. ROWLING

哈利·波特魔法图鉴

〔英〕J.K. 罗琳 / 著　马爱农 等 / 译

本书插画师

彼得·格斯　路易丝·洛哈特

麦玮桐　奥莉亚·穆扎

范光福　李维·平菲尔德

托米斯拉夫·托米奇

彼得 · 格斯

路易丝 · 洛哈特

麦玮桐

奥莉亚 · 穆扎

范光福

THE KNIGHT BUS

李维 · 平菲尔德

托米斯拉夫 · 托米奇

路易丝·洛哈特

路易丝·洛哈特曾在格拉斯哥艺术学院学习插画，目前是英国的独立插画家和版画家。路易丝的绘画风格，深受她所热爱的复古印花和明亮大胆色彩的影响。让我们花点时间，去品尝她笔下霍格沃茨特快列车的手推车上各种令人垂涎的糖果和零食，再去欣赏她那些精致绝伦的飞天扫帚和高贵华丽的圣诞舞会长袍吧。

范光福

范光福是一位来自越南的童书插画师，其作品以画面丰富、装饰性强著称。他给许多图书画过插画，认为讲故事是一种调节生活的方式。光福获得过诸多奖项，是东盟最佳儿童小说插画家奖得主。我们来看看他笔下精致华丽的魔法地图、气质高贵的魁地奇冠军，以及那些在天空中翱翔的喷火巨龙吧。

彼得·格斯

彼得·格斯生活在比利时，是一名自由艺术家和绘本插画师。他还担任过舞台监督，并在根特皇家美术学院（KASK）学习过动画。彼得把幽默风趣的男女巫师和各种神奇的动物结合在一起，其丰富繁杂的程度令人难以置信。仔细观察他对古灵阁巫师银行、活点地图和霍格沃茨图书馆书架的惊人想象吧。

奥莉亚·穆扎

奥莉亚·穆扎出生于乌克兰的乌曼。她在学习平面设计后，发现了自己对图书插画的热情，从此一发而不可收。奥莉亚非常擅长讲故事，她的作品中充满了幽默、魔法，甚至是混乱。她邀请读者去探索那些穿越魔法世界的令人眼花缭乱的路径，体验韦斯莱魔法把戏坊的失控的恶作剧，以及去感受霍格沃茨圣诞节的气氛。

托米斯拉夫·托米奇

托米斯拉夫·托米奇和家人一起生活在克罗地亚。他毕业于萨格勒布美术学院。他自幼喜欢制作绘本，高中时就已出版作品。托米斯拉夫创作出精美细致的钢笔画，使读者能够看到许多魔法场所的内部细节。让我们去看看他笔下的陋居、格里莫广场12号和邓布利多办公室的奇观吧。

麦玮桐

麦玮桐是加拿大华裔艺术家，现居伦敦。她获奖无数，是英国创意艺术大学的客座讲师。玮桐使用柔美、丰富、与众不同的色彩，表现出沸腾的魔药飘散出的烟雾和流光溢彩的魔杖魔法。让我们去寻找她笔下的药剂师置物架和沉睡的曼德拉草，以及一系列小到可以装进巫师口袋的迷人的魔法物品吧。

李维·平菲尔德

李维·平菲尔德从记事起就一直在凭自己的想象作画。他出版过许多广受好评的图书，还曾获得著名的凯特·格林纳威奖。他出生在迪安森林，目前住在澳大利亚新南威尔士州北部。让我们去寻觅李维笔下在伦敦大雾中穿行的骑士公共汽车，探访每个学院的公共休息室，向他绘制的禁林中的荆棘和灌木丛中张望吧。

目录

1 魔法世界的巫师们

2 运动、人们和魔法界的一切

（或简称S.P.E.W.）

3 迷人的空间和奇特的地方

国王十字车站
霍格沃茨特快列车
9¾站台
九月一日
十一点
9¾

HOW 7

阿不思·邓布利多

4 霍格沃茨的邀请函

S.P.E.W.
S.P.E.W.

5 咒语、魔咒和不可饶恕咒

6 管理魔法和具有影响力的组织

7 神奇动物、魔法生物和植物

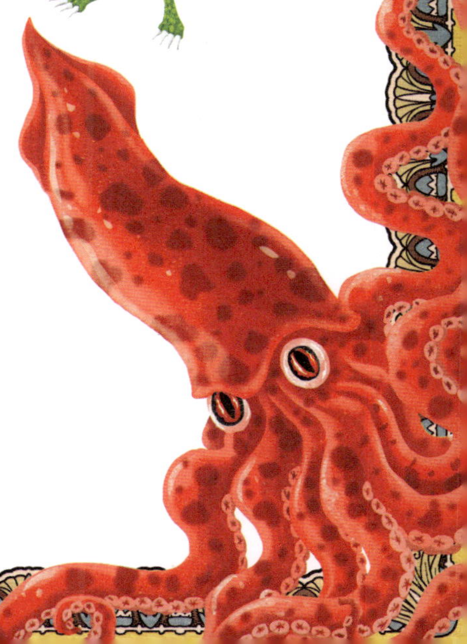

魔法界的时间轴

“‘拜托，难道只有我一个人花时间读过《霍格沃茨：一段校史》吗？’”

赫敏·格兰杰

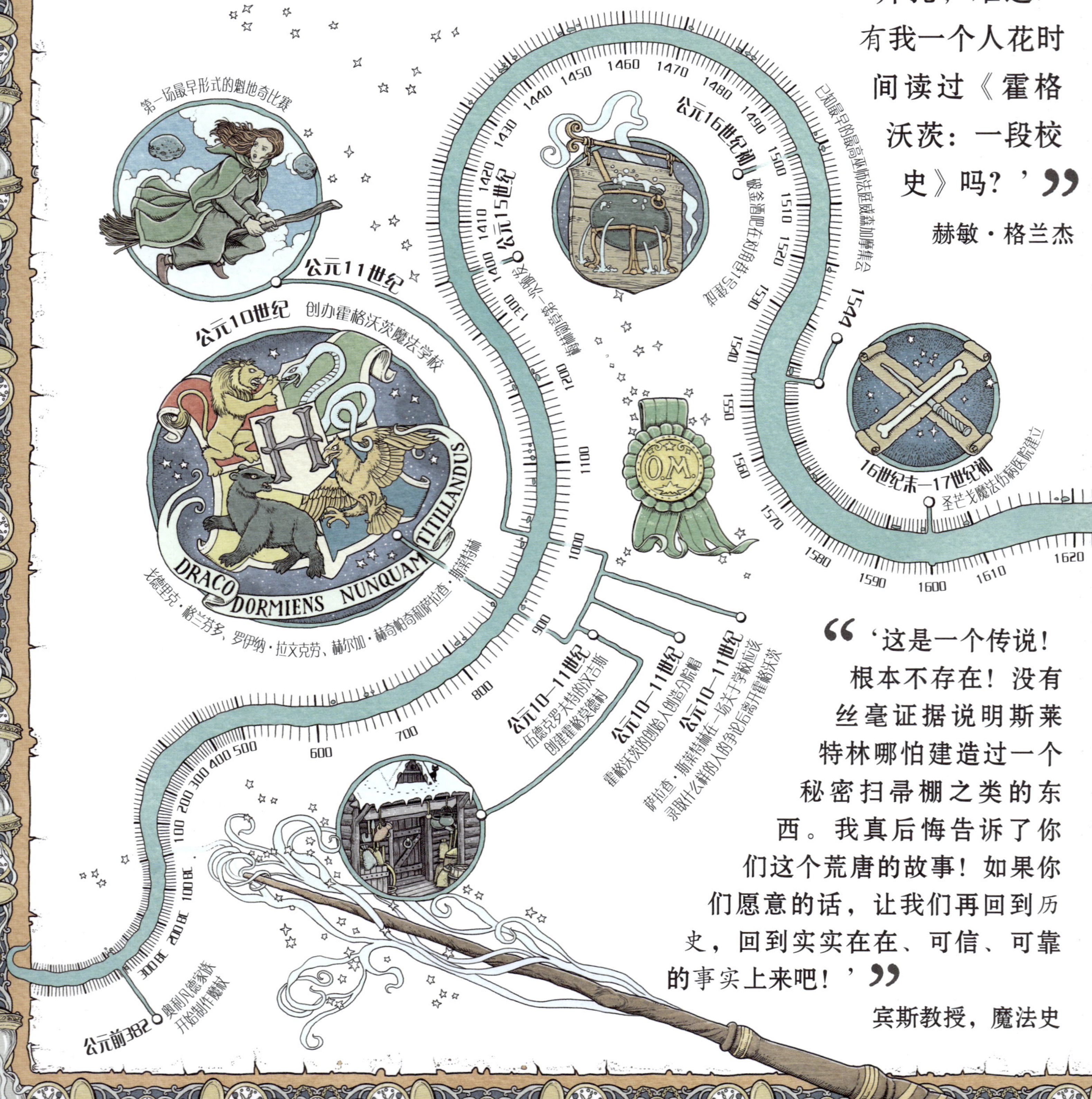

第一场最早形式的魁地奇比赛
公元11世纪
公元10世纪 创办霍格沃茨魔法学校
DRACO DORMIENS NUNQUAM TITILLANDUS
戈德里克·格兰芬多、罗伊纳·拉文克劳、赫尔加·赫奇帕奇和萨拉查·斯莱特林
公元15世纪
梅林勋章第一次颁发
公元16世纪初
破釜酒吧在对角巷1号建成
已知最早的最高巫师法庭威森加摩集会
1544
16世纪末—17世纪初
圣芒戈魔法伤病医院建立
公元10—11世纪
伍德克罗夫特的汉吉斯创建霍格莫德村
公元10—11世纪
霍格沃茨的创始人创造分院帽
公元10—11世纪
萨拉查·斯莱特林在一场关于学校应该录取什么样的人的争论后离开霍格沃茨
公元前382
奥利凡德家族开始制作魔杖

“‘这是一个传说！根本不存在！没有丝毫证据说明斯莱特林哪怕建造过一个秘密扫帚棚之类的东西。我真后悔告诉了你们这个荒唐的故事！如果你们愿意的话，让我们再回到历史，回到实实在在、可信、可靠的事实上来吧！’”

宾斯教授，魔法史

1875《对未成年巫师加以合理约束法》颁布
1865
魔法部部长杜格德·麦克费尔
推出巫师公共汽车服务，
骑士公共汽车正式上路
19世纪中期（1827—1835）
霍格沃茨特快列车开始将学生从9¾站台运送到霍格沃茨
1945
邓布利多打败黑巫师格林德沃
1938—1945
全球巫师战争
1942—1943
汤姆·里德尔就读于霍格沃茨
1943
密室第一次被打开
1943
桃金娘·伊丽莎白·沃伦去世，开始在霍格沃茨的一间盥洗室游荡
20世纪60年代中后期
邓布利多成为霍格沃茨校长
1965
禁止为实验目的而饲养神奇动物
1970
伏地魔崛起掌权
1980年7月31日
哈利·波特出生
第一次巫师战争
凤凰社成立
1981
伏地魔第一次垮台
1971
打人柳在霍格沃茨栽种
魔法部在英国成立
1707
约1718
阿兹卡班要塞成为一座巫师监狱
1689
《国际保密法》签署，
协议规定世界各地的魔法界都要隐藏起来

1981 哈利来到女贞路
1990 康奈利·福吉成为魔法部部长
哈利发现自己是个巫师
1991年7月31日 有人闯入古灵阁银行的713号金库，但没有财物被盗
1991年9月1日 哈利·波特来到霍格沃茨
1992 伏地魔在魔法界再次出现
1992 密室第二次被打开
1993 小天狼星布莱克逃出阿兹卡班
1981
1982
1983
1984
1985
1986
1987
1988
1989
1990
1991 一月
1991 二月
1991 三月
1991 四月
1991 五月
1991 六月
1991 七月
1991 八月
1991 九月
1991 十月
1991 十一月
1991 十二月
1992
1993
预言家日报
编辑 巴拿巴斯·古费
布莱克仍然在逃
“‘我们需要的，’邓布利多缓缓地说道，那双浅蓝色的眼睛从哈利转向了赫敏，‘是更多时间。’”

“‘该来的总归会来，一旦来了，我们就接受。’”

鲁伯·海格

1998 霍格沃茨之战
1997年7月31日 哈利十七岁生日
1997—1998 皮尔斯·辛克尼斯成为魔法部部长
1995 伏地魔卷土重来
1995 阿不思·邓布利多重新召集凤凰社
1995 多洛雷斯·乌姆里奇成为霍格沃茨高级调查官
1996 鲁弗斯·斯克林杰成为魔法部部长
第二次巫师战争
1996 大批囚犯从阿兹卡班越狱
1994 三强争霸赛在霍格沃茨举办
1994 第422届魁地奇世界杯举行
1998
1997
1996
1995
1994

1

魔法世界的巫师们

许多人物都在哈利·波特的命运中扮演重要的角色。通过那些难忘的初次相遇、忠诚的保护者和终身的情谊，去探索“大难不死的男孩”的独特人生旅程。去认识罗恩·韦斯莱、赫敏·格兰杰和其他盟友，并与那个连名字都不能提的魔头正面交锋。去探寻那些巫师家庭和朋友之间，无论离散抑或重聚，都始终坚固的纽带，并且记住：有些东西比书本和智慧更重要。

居所
萨里郡，小惠金区
女贞路4号
“‘人人都觉得我很特别……可我对魔法一窍不通。他们怎么能期望我成就大事呢？我有名气，可那些让我出名的事，我甚至一点儿也不记得。’”
“‘呼神护卫！’”
眼睛颜色
绿色
魔杖
凤凰尾羽，
冬青木，
11英寸
光轮2000
“‘哈利，你是一个巫师。’”
鲁伯·海格
特殊技能
霍格沃茨一百年来年龄最小的魁地奇找球手（格兰芬多学院）
会说蛇佬腔
擅长黑魔法防御术
守护神
牡鹿
哈利的魔法意外事件
一夜之间长出头发
跳上麻瓜学校的屋顶
把老师的假发套变成蓝色
让难看的毛衣缩小
让蟒蛇展柜的玻璃消失
让酒杯爆炸
吹胀玛姬·德思礼
闪回咒，让魔咒逆转重放
火弩箭
博格特
摄魂怪

萨里郡
小惠金区
女贞路4号
楼梯下的储物间
哈利·波特先生 收

海德薇

“‘你表现出的勇敢无畏，大大超出了我对你的期望。’”

阿不思·邓布利多

哈利·詹姆·波特

出生日期 1980年7月31日

霍格沃茨学院 格兰芬多

“‘我没有找麻烦……总是麻烦来找我。’”

“‘不许你伤害哈利·波特！’”

家养小精灵多比

活点地图

隐形衣

又被称为

大难不死的男孩
救世之星
头号不良分子
鼻涕（德拉科·马尔福）
傻宝宝（皮皮鬼）

家人

詹姆·波特（父亲，巫师）	莉莉·波特（母亲，巫师）
小天狼星布莱克（教父，巫师）	佩妮·德思礼（姨妈，麻瓜）
弗农·德思礼（姨父，麻瓜）	达力·德思礼（表哥，麻瓜）

猫头鹰传书

萨里郡
小惠金区
女贞路4号
楼梯下的储物间
哈利·波特先生 收

科克沃斯
铁路风景旅馆
17号房间
哈利·波特先生 收

大海
礁石上的小屋
地板上
哈利·波特先生 收

霍格沃茨魔法学校

校长：阿不思·邓布利多

（国际巫师联合会会长、梅林爵士团一级勋章获得者、
大魔法师、威森加摩首席魔法师）

亲爱的波特先生：

我们愉快地通知您，您已获准在霍格沃茨魔法学校就读。随信附上所需书籍及装备一览表。

学期定于九月一日开始。我们将于七月三十一日前静候您的猫头鹰带来您的回信。

副校长

米勒娃·麦格

谨上

亲爱的邓布利多先生：

已将信交给哈利。明天带他去购买他要用的东西。天气糟透了。祝您安好。

海格

萨里郡
小惠金区
女贞路4号
最小的一间卧室
哈利·波特先生 收

霍格沃茨
特快列车
站台
9¾
九月一日
十一点
国王十字车站

收拾行李去霍格沃茨

“哈利从衣袋里掏出一个羊皮纸信封。‘好，’海格说，‘里边有一张必备用品的单子。’”

一年级新生需要：

三套素面工作袍（黑色）

一顶日间戴的素面尖顶帽（黑色）

一台黄铜天平

一架望远镜

一口坩埚（锡镴质，标准尺寸2号）

一支魔杖

一套玻璃或水晶小药瓶

学生可携带一只猫头鹰或一只猫或一只蟾蜍

请注意：学生全部服装均须缀有姓名标牌

一双防护手套（龙皮或同类材料制作）

一件冬用斗篷（黑色，银扣）

在此特别提请家长注意，一年级新生**不准**自带飞天扫帚

HARRY POTTER

课本

全部学生均须准备下列图书：

《标准咒语，初级》，米兰达·戈沙克著

《魔法史》，巴希达·巴沙特著

《魔法理论》，阿德贝·沃夫林著

《初学变形指南》，埃默瑞·斯威奇著

《千种神奇药草及蕈类》，菲利达·斯波尔著

《魔法药剂与药水》，阿森尼·吉格著

《神奇动物在哪里》，纽特·斯卡曼德著

《黑魔法：自卫指南》，昆丁·特林布著

要想全面了解对角巷，请翻至第72页

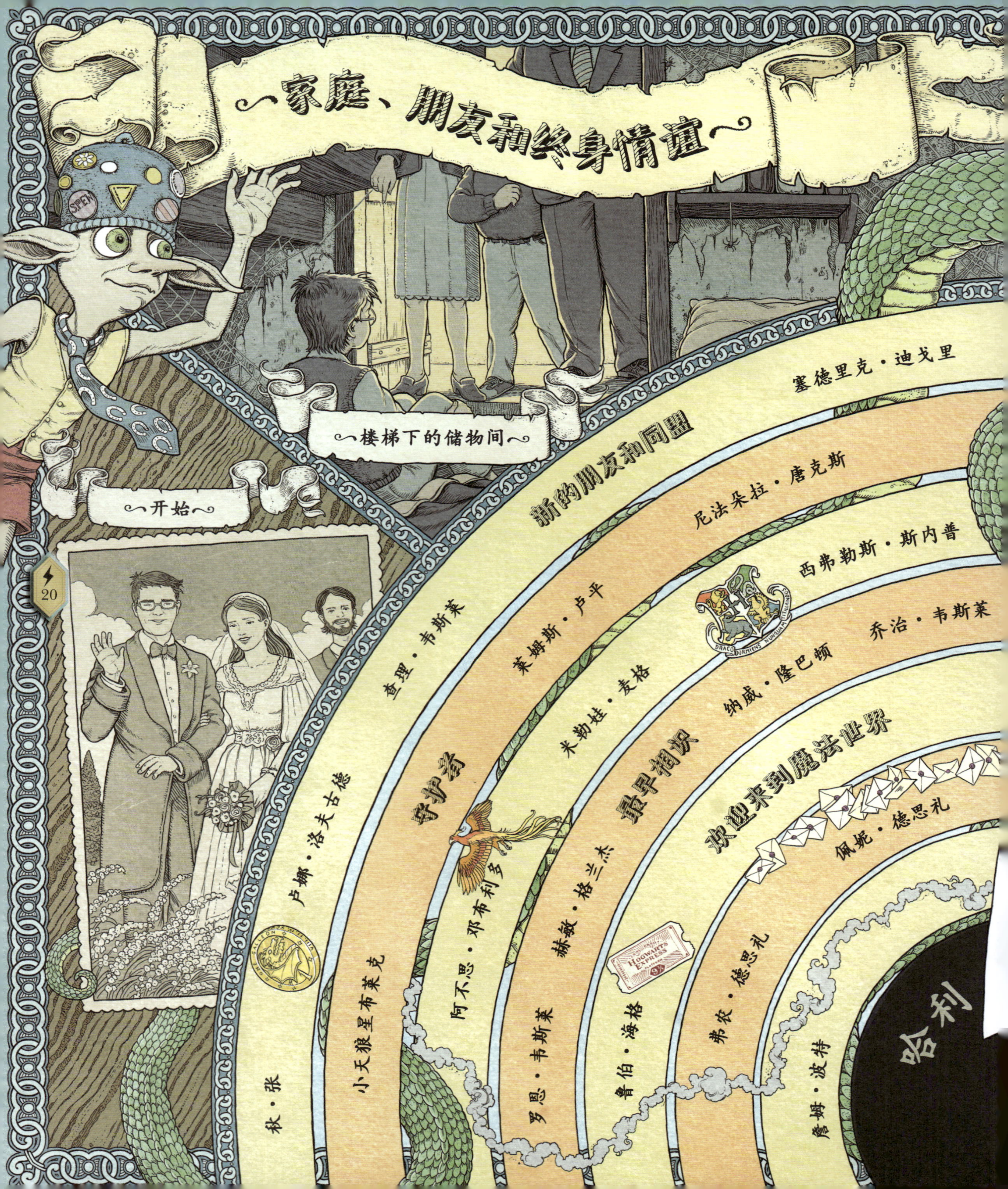
家庭、朋友和终身情谊
楼梯下的储物间
开始
塞德里克·迪戈里
新的朋友和同盟
尼法朵拉·唐克斯
西弗勒斯·斯内普
乔治·韦斯莱
查理·韦斯莱
莱姆斯·卢平
纳威·隆巴顿
守护者
米勒娃·麦格
最早相识
卢娜·洛夫古德
欢迎来到魔法世界
佩妮·德思礼
阿不思·邓布利多
赫敏·格兰杰
小天狼星布莱克
弗农·德思礼
罗恩·韦斯莱
鲁伯·海格
秋·张
詹姆·波特
哈利

霍格沃茨
芙蓉·德拉库尔
比尔·韦斯莱
莫丽·韦斯莱
霍格沃茨的老师
菲利乌斯·弗立维
金斯莱·沙克尔
弗雷德·韦斯莱
亚瑟·韦斯莱
波莫娜·斯普劳特
珀西·韦斯莱
海德薇
“疯眼汉”阿拉斯托·穆迪
金妮·韦斯莱
达力·德思礼
戈德里克山谷
加里克·奥利凡德
西比尔·特里劳尼
德拉科·马尔福
多比
女贞路
莉莉·波特
波特

罗恩·比利尔斯·韦斯莱

出生日期 1980年3月1日　**霍格沃茨学院** 格兰芬多

“‘别让那些麻瓜弄得你不开心！’”

罗恩的第二支魔杖（独角兽毛，柳木，14英寸）

博格特

蜘蛛

朱薇琼

魁地奇球队

查德里火炮队

又被称为

罗恩（朋友）

罗纳德（学校老师，权威人士，穆丽尔姨婆，乔治，卢娜·洛夫古德，扎卡赖斯·史密斯）

罗恩小鬼头（弗雷德和乔治）

罗尼（莫丽，弗雷德和乔治）

韦崽（多比）

罗-罗（拉文德·布朗）

罗鸟·卫其利（魔法失灵的拼写检查笔）

你这个——大——混蛋——罗恩——韦斯莱！（赫敏·格兰杰）

居所

陋居

二手货

- 珀西的老鼠斑斑
- 查理的魔杖
- 比尔的校袍
- 查理的坩埚
- 查理的飞天扫帚

“‘从今往后，我再也不管我的茶叶是不是拼出死亡，罗恩，死亡的字样——我要把它们扔进垃圾桶，那才是它们应该待的地方。’”

父母

亚瑟·韦斯莱（父亲，巫师，在禁止滥用麻瓜物品办公室工作）

莫丽·韦斯莱（母亲，巫师）

手足

比尔（古灵阁解咒员）

查理（在罗马尼亚研究火龙）

珀西　弗雷德　乔治　金妮

“‘梅林最肥的三角短裤啊，这到底是怎么回事？’”

“‘这是下棋！’罗恩厉声说，‘总是需要做出一些牺牲的！我走一步，她就会把我吃掉——你就可以把国王将死了，哈利！’”

魔杖

最初使用的是查理的旧魔杖（独角兽毛，白蜡木，12英寸）

“‘吃鼻涕虫去吧，马尔福。’”

爱好

巫师棋和魁地奇

埃罗尔

守护神

杰克·罗素㹴犬

斑斑

学校成就

- 级长
- 魁地奇守门员（格兰芬多学院）
- 对学校的特殊贡献奖

赫敏·简·格兰杰

出生日期 1979年9月19日

霍格沃茨学院 格兰芬多

又被称为

赫米（格洛普）

万事通（罗恩·韦斯莱）

格兰特小姐（宾斯教授）

赫—米—恩（威克多尔·克鲁姆）

父母

格兰杰先生（父亲，麻瓜，牙医）

格兰杰夫人（母亲，麻瓜，牙医）

爱好

读书，学习，

S.P.E.W.

（家养小精灵权益促进会）

“‘我！’赫敏说，‘不过是死读书，再靠一点儿小聪明！除此之外，还有许多更重要的东西呢——友谊和勇气——哦，哈利——可要小心啊！’”

邓布利多军加隆

“‘羽加—迪姆 勒维—奥—萨……’”

“‘你自己只有一茶匙的感情，并不代表人人都是这样。’”

守护神

水獭

“‘万弹齐发！’
门口传来一声尖叫。
哈利猛地转身，看见赫敏正用魔杖指着罗恩，脸上的表情十分激动。那群小鸟像无数沉甸甸的金色子弹一齐朝罗恩射去……”

家养小精灵
权益促进会

赫敏违反的霍格沃茨校规

- 闯入四楼走廊禁区
- 点燃斯内普教授的袍子
- 将一条非法火龙偷运出学校
- 熬制并使用复方汤剂
- 从斯内普教授的私人储藏室偷拿魔药配料
- 对斯内普教授使用缴械咒
- 将未注册的阿尼马格斯丽塔·斯基特困在玻璃罐里
- 创建（但没有命名）邓布利多军
- 对考迈克·麦克拉根使用混淆咒

“‘我们都差点被咬死——或者更糟，被学校开除。好了，如果你们没意见的话，我要去睡觉了。’”

魔杖
火龙的心脏神经，
葡萄藤木，$10\frac{3}{4}$英寸

眼睛颜色
棕色

克鲁克山

显形橡皮

卢娜·洛夫古德

出生日期 1981年2月13日　**霍格沃茨学院** 拉文克劳

“‘你的头脑和我的一样清醒。’”

爱好

读《唱唱反调》

黄油啤酒软木塞项链

卢娜的咆哮的狮子帽

父母

谢诺菲留斯·洛夫古德

（父亲，巫师，编辑）

潘多拉·洛夫古德

（母亲，巫师）

“卢娜又像她往常那样——一语道破令人不快的真相，他还真没见过像她这样的人。”

又被称为

疯姑娘洛夫古德

眼睛颜色

银白色

居所

洛夫古德家的房子是一栋黑色的圆柱形建筑，坐落在奥特里·圣卡奇波尔村附近的一座小山顶上，离陋居不远。

卢娜相信存在的神奇动物

- 泡泡鼻涕怪
- 弯角鼾兽
- 黑利奥帕
- 阿古巴什吉特
- 蛹钩
- 颤颤蛆
- 骚扰虻
- 大嘴彩球鱼

“‘骚扰虻……它们是隐形的，会飘到你耳朵里，把你的脑子搞乱。’”

守护神

野兔

纳威·隆巴顿

出生日期 1980年7月30日

霍格沃茨学院 格兰芬多

“‘奶奶，我又把蟾蜍弄丢了。’”

家人

弗兰克·隆巴顿（父亲，巫师，傲罗）

艾丽斯·隆巴顿（母亲，巫师，傲罗）

奥古斯塔·隆巴顿（祖母，巫师）

“‘这是记忆球……奶奶知道我总是没记性——它会告诉你是不是有什么事情忘记做了。’”

博格特

斯内普教授

魔杖

纳威最初用的是他爸爸的旧魔杖；他的第二根魔杖是独角兽毛、樱桃木的

莱福

爱好

草药学

“‘勇气有许多种类，’邓布利多微笑着，‘对付敌人我们需要超人的胆量，而要在朋友面前坚持自己的立场，同样也需要很大的勇气。因此，最后我要奖励纳威·隆巴顿先生十分。’”

纳威一年级时的倒霉事

- 在$9\frac{3}{4}$站台弄丢了自己的蟾蜍莱福
- 在走向分院帽的凳子时摔倒
- 分院帽还没摘就跑过了礼堂
- 恶作剧精灵皮皮鬼把一捆手杖砸在了他头上
- 烧化了西莫·斐尼甘的坩埚
- 从扫帚上摔下，手腕骨折
- 因为中了锁腿咒，不得不像兔子一样蹦到格兰芬多塔楼
- 被赫敏·格兰杰施了全身束缚咒

鲁伯·海格

出生日期 1928年12月6日

霍格沃茨学院 格兰芬多

“‘我可以把我的身家性命托付给他。’” 阿不思·邓布利多

岩皮饼

居所

海格的小屋

在海格的口袋里找到的

- 一把发霉的狗饼干
- 古灵阁地下金库的钥匙
- 成串的钥匙
- 除鼻涕虫药
- 线团
- 薄荷硬糖
- 茶袋
- 一把纳特和加隆
- 一包压扁的香肠
- 一把铜壶
- 一只拨火钳
- 一把茶壶、几只缺口的大杯子
- 一个压得有点扁的巧克力生日蛋糕
- 一块脏得要命的圆点花纹手帕
- 两只睡鼠
- 奓着毛的猫头鹰
- 羽毛笔
- 羊皮纸
- 粉红色的伞

又被称为

霍格沃茨的
钥匙保管员和猎场看守

海格教授
（保护神奇动物课）

哈格（格洛普）

魔杖

粉红色的伞
（原本是橡木的，16英寸）

眼睛颜色

黑色

家人

海格先生（父亲，巫师）
弗里德瓦法（母亲，巨人）
格洛普（同母异父的弟弟，巨人）

“‘啊，是啊，人们对于宠物会有点犯糊涂。’”

牙牙

要想看到海格的更多宠物，请翻至第188页

阿不思·珀西瓦尔·伍尔弗里克·布赖恩·邓布利多

福克斯

柠檬雪宝糖

出生日期 1881年

霍格沃茨学院 格兰芬多

“‘永远——不准——在——我——面前——侮辱——阿不思——邓布利多！’”

鲁伯·海格

熄灯器

父母

珀西瓦尔·邓布利多（父亲，巫师）

坎德拉·邓布利多（母亲，巫师）

手足

阿不福思（弟弟，巫师）

阿利安娜（妹妹，巫师）

“‘欢迎大家来霍格沃茨开始新的学年！在宴会开始前，我想讲几句话。那就是：笨蛋！哭鼻子！残渣！拧！谢谢大家！’”

眼睛颜色

蓝色

守护神

凤凰

巧克力蛙画片

阿不思·邓布利多

喜好

- 室内乐
- 十柱滚木球戏
- 毛衣编织图案
- 柠檬雪宝糖

成就包括

- 霍格沃茨校长
- 巧克力蛙画片
- 前变形课教师
- 梅林爵士团一级勋章获得者
- 大魔法师
- 威森加摩首席魔法师
- 国际巫师联合会会长
- 发现火龙血的十二种用途
- 男生学生会主席、级长、巴纳布斯·芬克利优异施咒手法奖、威森加摩不列颠青少年代表、开罗国际炼金术大会开拓性贡献金奖

“‘哈利，表现我们真正自我的是我们的选择，选择比我们的能力重要得多。’”

德拉科·卢修斯·马尔福

出生日期 1980年6月5日　　**霍格沃茨学院** 斯莱特林

“‘你不知道我的能力……你不知道我都做了什么！’”

学校成就

- 魁地奇找球手（斯莱特林学院）
- 调查行动组
- 级长

消失柜

居所

马尔福庄园

父母

卢修斯·马尔福（父亲，巫师，霍格沃茨魔法学校董事）

纳西莎·马尔福（母亲，巫师）

又被称为

不同寻常的跳啊跳的大白鼬

眼睛颜色

灰色

光轮2001

“‘乌龙出洞！’”

魔杖

独角兽毛，
山楂木，10英寸

德拉科说的最侮辱人的话

“‘说句实话，如果你再这样迟钝下去，就要走回头路了。’”

“‘隆巴顿，如果头脑是金子，你就比韦斯莱还要穷，这就很能说明问题了。’”

“‘如果被分到赫奇帕奇，我想我会退学，你说呢？’”

“‘你很快就会发现，有些巫师家庭要比其他家庭好许多，波特。你不会想跟另类的人交朋友吧。在这一点上我能帮你。’”

西弗勒斯·斯内普

出生日期 1960年1月9日 **霍格沃茨学院** 斯莱特林

“‘哦，是的……哈利·波特，这是我们新来的——鼎鼎大名的人物啊。’”

父母

托比亚·斯内普（父亲，麻瓜）

艾琳·普林斯（母亲，巫师）

居所

科克沃斯，蜘蛛尾巷

眼睛颜色

黑色

又被称为

鼻涕精

西弗

教职

- 魔药课老师
- 斯莱特林学院院长
- 黑魔法防御术课老师

“‘摄神取念！’”

“‘对，显而易见，近六年的魔法教育在你身上没有白费，波特。幽灵是透明的。’”

“‘如果我把水仙根粉末加入艾草浸液会得到什么？’”

特殊技能

- 魔药
- 大脑封闭术
- 摄神取念
- 黑魔法防御术
- 逻辑推理

我是伏地魔　汤姆·马沃罗·里德尔

出生日期　1926年12月31日　**霍格沃茨学院**　斯莱特林

又被称为

神秘人，那个连名字都不能提的人，
斯莱特林的继承人，黑魔头，汤姆·里德尔

“‘我给自己想出了一个新的名字，我知道有朝一日，当我成为世界上最伟大的魔法师时，各地的巫师都不敢轻易说出这个名字！’”

汤姆·里德尔

学校成就

博金-博克
黑魔法商店

Borgin
&
Burkes

家人

老汤姆·里德尔（父亲，麻瓜）
梅洛普·里德尔（母亲，巫师）
莫芬·冈特（舅舅，巫师）
马沃罗·冈特（外祖父，巫师）

小汉格顿
墓地

麻瓜孤儿院

小汉格顿
里德尔府

“‘阿瓦达索命！’”

眼睛颜色
红色

魔杖
凤凰尾羽，
紫杉木，$13\frac{1}{2}$英寸

“‘他们为什么就相信我不会东山再起呢？他们不是知道我很久以前就采取措施防止死亡吗？他们不是在我比任何巫师都更强大的时候，目睹过我无数次地证明自己法力无边吗？’”

纳吉尼

超越
魔法的力量
罗恩·韦斯莱
“‘来吧，来一个馅饼。’哈利说。在这之前他没有和别人分享过任何东西，其实也没有人跟他分享。”
莫丽和亚瑟·韦斯莱
“韦斯莱夫人把药水放在床头柜上，弯下腰，伸手搂住哈利。哈利从不记得有谁这样搂抱过自己，就像母亲一样。”
“‘可怜的“伤风”，’罗恩深深地吸着气说，‘他一定非常爱你，哈利……想象一下吧，靠吃老鼠过日子。’”
小天狼星布莱克
“‘跟弗雷德和乔治一起长大有一个好处，’金妮若有所思地说，‘就是你会认为，只要有胆量就没有办不成的事。’”
金妮·韦斯莱
“‘做伴跟我行吗？’‘对不起，你说什么？’秋·张说。‘你——你愿不愿意跟我一起去参加舞会？’哈利问。”
秋·张
“‘你认为我们爱过的人会真正离开我们吗？你不认为在困难的时候，我们会更清晰地想起他们吗？’”
阿不思·邓布利多

“‘关于家养小精灵和童话传说，关于爱、忠诚和纯洁，伏地魔一无所知。一无所知。其实它们都具有一种比他更加强大的力量，一种超越任何魔法的力量，但他始终没有领会这个事实。’”
阿不思·邓布利多
鲁伯·海格
“‘你知道吗，哈利？’他说，从他父亲的照片上抬起头，眼睛非常明亮，‘我第一次见到你时，你使我想到了我自己。’”
纳威·隆巴顿
“哈利把手伸进长袍口袋，掏出一块巧克力蛙，这是圣诞节时赫敏送给他的那盒里的最后一块。哈利把它递给纳威。纳威看上去快要哭了。”
哈利·波特
“‘是的，哈利，你有爱。’邓布利多说，‘想想你经历的一切，那是非常了不起的。’”
卢娜·洛夫古德
“‘啊，不，我愿意作为朋友跟你去！’卢娜笑逐颜开，哈利从没见过她这么灿烂的笑容，‘还没人邀请过我参加晚会呢，作为朋友！你是不是为这个还染了眉毛？我也要染吗？’”
西弗勒斯·斯内普
“‘这么长时间了还是这样？’‘一直是这样。’斯内普说。”
麦格教授在她的书桌后坐了下来，紧皱眉头望着哈利。然后她说：‘吃一块饼干吧，波特。’”
米勒娃·麦格
赫敏·格兰杰
“然而就从那一刻起，赫敏·格兰杰成了他们的朋友。当你和某人共同经历了某件事之后，你们之间不能不产生好感，而打昏一个十二英尺高的巨怪就是这样一件事。”

HOW 777
CANARY CREAM

2

运动、人们和魔法界的一切

（或简称S.P.E.W.*）

通过本章，你可以了解魔法界人士如何躲避麻瓜的目光，得以一窥巫师们的日常生活——从必不可少的猫头鹰邮差和飞路网，到《预言家日报》的繁杂版面。了解种种魔法旅行方式，饱览五花八门的糖果和点心，欣赏各类奇装异服，体验备受尊崇的魁地奇运动。从飞天扫帚到黄油啤酒，都在这里等待着你……

* 标题原文为“SPORT，PEOPLE AND EVERYTHING WIZARDING”，简称“S.P.E.W.”，与“家养小精灵权益促进会”的简称相同。

想要了解更多魔法世界的法律法规，请翻至第163页

躲避麻瓜的目光

如何避免被发现

实用方式

不在麻瓜区域
使用魔法

伪装

假消息

周密计划

魔法方式

麻瓜驱逐咒

令地点不可标绘

（即无法在地图上显示）

隐藏咒与幻身咒

遗忘咒
与混淆咒

（如果出了岔子，可作备用方案）

穿衣指南

以假乱真的伪装

与麻瓜们交往时，巫师们完全采用麻瓜的着装标准

——《保密法》——

不作为

《国际巫师联合会保密法》

巫师界有很多方法不让麻瓜知道自己的秘密，这种做法可以追溯到几个世纪前。自1692年以来，《保密法》实施了严格的行动纲领，规定魔法世界必须完全保密。

半巫师聚居村庄

一些村庄有隐蔽的巫师社区。比较著名的例子有：

- 康沃尔郡，丁沃斯
- 约克郡，上弗莱格利村
- 英格兰南海岸，奥特里·圣卡奇波尔村
- 英格兰西南部，戈德里克山谷

只要采取预防措施，麻瓜们就不会知道。*

* 混淆咒也管用。

想要了解更多魔法场所，请翻至第66页

保守最不到位的秘密

凡是麻瓜们稍有可能看到比赛的地方都不得进行比赛，否则我们会看看，你被链子锁在地牢的墙上打球打得如何。

—巫师议会法令，1419年—

飞天扫帚

自中世纪以来，扫帚一直是一种很容易藏在房子里的飞行工具。不幸的是，麻瓜们一直把女巫与扫帚联系在一起，因此需要格外小心。

破例的一天 当伏地魔没能杀死襁褓中的哈利·波特，消失得无影无踪后，英国的巫师们纷纷走上街头庆祝。他们没有伪装，麻瓜们注意到几百只猫头鹰大白天四处飞行。

魔法动物必须隐藏

每个巫师管理机构都将担负隐藏、照料和控制居住在他们辖区内的所有神奇动物、人类和幽灵的责任。

—《保密法》第73条，1750年—

著名神奇动物目击事件

- **球遁鸟**：麻瓜们称其为渡渡鸟，认为这种鸟现在已经灭绝了
- **雪人**：由一支驻守在山区的国际别动队隐藏
- **马形水怪**：有一只以海蛇的形象出现在了许多照片中，但被宣称是假的
- **鸟形食人怪**：有一个具有奉献精神的鸟形食人怪保护联盟
- **神角畜**：如今麻瓜相信自己看见神角畜是因为遭遇恶作剧

“在尼斯湖，世界上最大的马形水怪继续逃避人们的捕捉，它似乎已经养成了一种渴望出风头的习惯。”

纽特·斯卡曼德，神奇动物学家

看不见的旅行

巫师不需要大多数的麻瓜科技。但必须保证魔法旅行不引起麻瓜们的注意。

- **飞路网**：通过从一个壁炉穿越到另一个壁炉，巫师们可以在建筑物之间移动，无需走到户外

- **门钥匙**：这种魔法交通工具可以由普通物品制成，能在人们眼皮底下隐藏起来
- **施了魔法的车辆**：有些巫师忍不住要改装汽车，例如，想让一辆汽车飞起来，就可以加一个有效的隐形助推器

HOW 777

羽毛笔及其他文具

巫师的书写工具会具有一些实用的魔法属性。

永不褪色墨水
变色墨水
自动纠错墨水
隐形墨水

小抄活页袖

罗乌·卫其利

防作弊羽毛笔
发给一年级新生考试时使用

自动答题羽毛笔
O.W.L.考试时禁止使用

自动喷墨、拼写检查、机智抢答羽毛笔
在韦斯莱魔法把戏坊出售

速记羽毛笔
让丽塔·斯基特写作时腾出双手

高级糖棒羽毛笔
可在课堂上食用的伪装糖果

魔法胶带
可把物体粘在一起；对修理魔杖没用

接纳之笔
写出可能会被霍格沃茨录取的学生的名字

豪华羽毛笔可以用鹰、野鸡或孔雀的羽毛制成。魔法动物恶婆鸟的羽毛也可制成精品羽毛笔。

显形橡皮
在对角巷有售，可让隐形墨水显现

日常魔法

“‘我真不知道这些麻瓜们不用魔法怎么办事。’”
鲁伯·海格

吼叫信
吼叫信是一种更具戏剧性的传送信息的方式。从鲜红的信封就能认出它们。吼叫信送到时，会开始冒烟，然后吼叫着传达信息，最后变成一把火烧掉。如果不马上打开，它就会爆炸。

“‘麻瓜使用的魔法替代品——电啦，计算机啦，雷达啦，所有这类东西——一到霍格沃茨周围就会出故障，因为这个环境里的魔法磁场太强了。’”
赫敏·格兰杰

魔法烹饪

“她又敲了敲铁锅。铁锅升到空中，朝哈利飞来，然后歪向一边，韦斯莱夫人赶紧把一个碗塞在下面，正好接住了铁锅倒出来的浓浓的、热气腾腾的洋葱汤。”

食物是“甘普基本变形法则”的五大例外中的一项。

“‘不可能凭空变出美味佳肴！如果你知道食物在哪儿，可以把它召来；如果你已经有了一些，可以给它变形，也可以使它增多——’”
赫敏·格兰杰

一埚火热的爱

哦，来搅搅我的
这埚汤，
如果你做得
很恰当，
我会熬出
火热的爱，
陪伴你今夜暖洋洋。

“‘我们十八岁时跟着这音乐跳过舞！’韦斯莱夫人用手里织的毛线擦了擦眼睛，‘你还记得吗，亚瑟？’”

塞蒂娜·沃贝克

“他听见水池旁的旧收音机里说：‘接下来是“女巫时间”，由著名的女歌唱家塞蒂娜·沃贝克表演。’”

魔法画作

画家们给自己的画作施以魔法，让它们能活动和说话。一幅肖像与现实世界互动的能力，取决于被画的那位巫师的力量。

巫师娱乐

巫师棋

“巫师棋和麻瓜象棋一模一样，但它的棋子都是活的，所以使人感觉更像是在指挥军队作战。”

“‘不要把我派到那里，你没看见他的马吗？派他去吧，他牺牲了没关系。’”

棋子可能会和棋手顶嘴

噼啪爆炸牌

“罗恩正忙着用他那副噼啪爆炸牌搭城堡——这种娱乐可比麻瓜的扑克牌有趣多了，如果弄得不好，搭的东西随时都会整个爆炸。”

高布石

一种古老的双人游戏。双方各有十五个高布石(用石头或贵金属制成的小圆球)，必须把对方所有的石头都抓住。被抓住时，石头会喷射出一种难闻的液体作为惩罚。

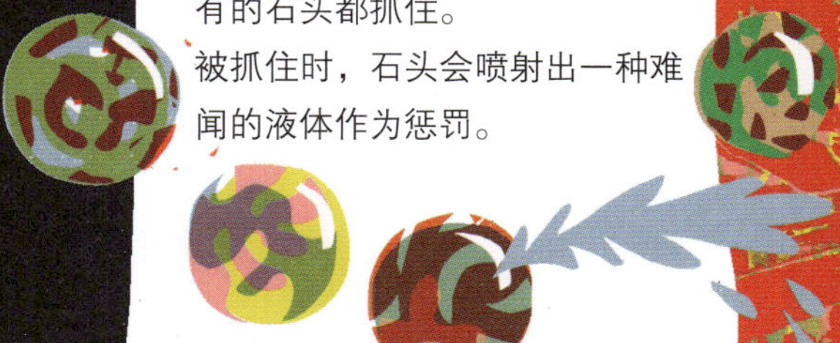

扫帚游戏

最受欢迎的运动是魁地奇，但还有许多其他与飞行有关的运动。有一种儿童游戏叫空中碰撞，选手要把对方从扫帚上撞下去。

自动洗牌的纸牌

想要了解魁地奇运动，请翻至第60页

讯息传递

飞天扫帚
护理
工具箱
预言家日报
魔法部职员
赢得巨奖

《预言家日报》
英国唯一一份巫师报纸，每天早晨被送往全国各地。

《预言家晚报》
如果有什么特别有趣的事情发生，《预言家日报》会出一份晚间版。

预言家晚报
巴拿巴斯·古费

唱唱反调
弯角鼾兽被目击？

《唱唱反调》
该杂志每月出版一次，被一些人当作可疑的消息来源。

今日变形术
飞天扫帚大全
女巫周刊

收音机
收音机是一种珍贵的麻瓜科技，经过合法改造后用于巫师的日常生活。许多家庭都收听巫师无线联播（WWN）。

新闻报道

凤凰的魔法
一些聪明而忠诚的宠物可以充当信使。众所周知，福克斯会留下一根羽毛作为警报。

“屋子中央火光一现，留下一根金羽毛，轻盈地飘向地面。”

“菲尼亚斯·奈杰勒斯·布莱克的肖像能在格里莫广场和霍格沃茨校长办公室的两个相框间来去自由。”

魔法肖像
肖像不仅会说话，还能在画作之间移动。如果某个巫师在多个地方都有肖像，便可以充当一位有用的信使。

魔法信使

猫头鹰邮差
魔法界中最常用的通讯方式。猫头鹰会把信件、报纸和包裹送往它们能飞到的任何地方。本地和海外都能递送。

“猫头鹰们不能及时把信送来，因为狂风总是把它们吹得偏离目标。”

想要知道赫敏如何使用变化咒，请翻至第129页

飞路粉

飞路网能让人们面对面地说话。把飞路粉扔进壁炉，就可以让自己的脑袋出现在别人的壁炉里，与他们交谈。

想要了解更多飞路网的内容，请翻至第48页

魔法联络工具

双面镜

“这是一面双面镜，共有一对，另一面在我手里。如果你需要跟我说话，就对它说出我的名字；你就会出现在我的镜子里，我也能在你的镜子里跟你说话。过去，詹姆和我分别关禁闭时经常使用它们。”

小天狼星布莱克

部门之间传递消息的字条

在魔法部，各部门用纸质备忘录互相传递信息，这些字条被施了魔法，在大楼里飞来飞去。他们以前用的是猫头鹰，但场面混乱得令人难以置信。

变化咒

这个魔咒能让分开的物体互相模仿。如果把消息附加在一个物体上，其他的物体不管在哪里都会显露出同样的消息。学生们用这个魔咒把硬币之类的小东西变成秘密的通讯工具。

魔法对话

守护神

守护神咒可以变出守护神：一个动物形状的魔法守护者。它可以移动，并用施咒者的声音传达信息。

只有凤凰社成员才会以这种方式使用自己的守护神，因为这个主意是由阿不思·邓布利多提出并传授给他们的。

标记显现！

这个咒语可以在物体上留下魔法标记。

“‘如果有谁遇到了麻烦，就发射红色火花，我们都会过来找你。’”

鲁伯·海格

魔法火花信号

魔杖可以向天空发射不同颜色的火花。

魔咒与信号

黑魔标记

黑魔标记的图案是一个骷髅嘴里吐出一条蛇。

伏地魔的追随者食死徒们让黑魔标记出现在天空中，显示他们去过的地方。

食死徒的左臂会被烙上黑魔标记。伏地魔通过使食死徒感受身上烙印的灼烧来召唤他们。

要想了解更多凤凰社的内容，请翻至第174页

角鸮

“小猪向下坠落了十二英尺，才挣扎着重新飞起来。拴在它腿上的那封信比往常长得多、重得多。”

猫头鹰图鉴

猫头鹰邮差

猫头鹰有一种神奇的能力，可以给任何人送信，无论他们在哪里，哪怕只给它一个名字，没有地址，它也能送达无误。

可以肯定的是，你看到的每一只猫头鹰几乎都是邮差，在为某个人或猫头鹰邮政服务系统工作。

猫头鹰能够迅速而可靠地追踪到某人，要想避免收到它们的来信，必须使用强大的魔法，需要驱避咒、伪装咒或掩蔽咒。

“‘埃罗尔！’罗恩喊道，提着那只湿漉漉的猫头鹰的爪子把它拉了出来。”

大灰鸮

宠物信使

受过训练的猫头鹰邮差具有很高的价值。它们是受欢迎的宠物，但价格昂贵，许多家庭会共用一只猫头鹰，或者从邮政服务系统借一只。

灰林鸮
（棕褐色猫头鹰）

O.W.L.考试

普通巫师等级考试（O.W.L.）可不是猫头鹰（owl），而是霍格沃茨学生五年级时参加的考试。哈利、罗恩和赫敏的成绩是由三只漂亮的棕褐色猫头鹰送来的。

小鸮

猫头鹰棚屋

在霍格沃茨，学生们把自己的宠物猫头鹰寄存在猫头鹰棚屋，那是一个圆形的石头房间，无数的栖枝一直延伸到天花板。棚屋里养着数百只猫头鹰，学生们的宠物和供人借用的学校猫头鹰栖息在一起。

想知道谁养了哪只宠物猫头鹰，请翻至第178页

雪鸮

雕鸮

猫头鹰零食

猫头鹰在夜间觅食，有时会带回老鼠、田鼠和青蛙。主人也可以给它们一些猫头鹰零食，或者从咿啦猫头鹰商店买几盒猫头鹰坚果。

海德薇
令人惊叹的飞行

海德薇总能找到路。她……

- 从霍格沃茨飞往罗马尼亚，给查理·韦斯莱送信
- 飞到法国去取赫敏送给哈利的生日礼物
- 在哈利乘骑士公共汽车到达破釜酒吧五分钟后就出现了
- 从女贞路去给隐藏在一个有着热带鸟类的国家的小天狼星送信，并不清楚是哪里
- 在小天狼星四处躲避摄魂怪时给他送信
- 在格里莫广场找到罗恩和赫敏，并听从哈利的指示，如果他们不给他写出长长的回信就不断地啄他们

仓鸮（谷仓猫头鹰）

猫头鹰图鉴

鸣角鸮
（长耳猫头鹰）

礼堂中的早餐

“可是在第一天吃早饭的时候，百十来只猫头鹰突然飞进礼堂，着实把他吓了一跳。这些猫头鹰围着餐桌飞来飞去，直到找到各自的主人，把信件或包裹扔到他们腿上。”

作为一只猫头鹰，海德薇的口味与众不同，有时喜欢分享哈利的早餐。

在光顾格兰芬多学院餐桌时，她品尝过：

- 橘子汁
- 一小口吐司
- 熏咸肉皮
- 纳威的玉米片

“它嘴巴发出咔嗒咔嗒的声音，爱怜地轻轻啄着哈利的耳朵。”

派送《预言家日报》的猫头鹰

派送《预言家日报》的猫头鹰用一个小皮袋收取报钱。赫敏的订阅费是每份报纸一个纳特。

《预言家日报》还给可以通过猫头鹰购买的产品做广告。

要想了解猫头鹰专递清单，请翻至第206页

预言家日报

编辑
巴拿巴斯·古费

魔法世界

邓布利多

魔法部的
调

禁止滥用麻瓜物品办
莱，今日因对一辆麻瓜汽
十加隆。

这辆被施魔法的汽车
沃茨魔法学校撞毁，该校
尔福先生近日打电话要求

“韦斯莱损害了魔法
本报记者说，“他显然不
为我们制定法律，他那个
可笑的《麻瓜保护法》应
刻废除。”

魔法部
出新乱

看来魔法
烦还没有完
特约记者丽塔
特这样写道。
魔法部因在魁
界杯赛中未能
持秩序，以及
对其一位女巫师官员的失踪
释，一直受到人们的批评。
由于禁止滥用麻瓜物品办公
诺德·韦斯莱的怪异行为，
又陷入新的尴尬境地。

魔法部职员
赢得巨奖

魔法部禁止滥用麻瓜物
主任亚
《
报》
去过
的古
韦
于霍格
莱家的

布莱

正实，
法外
押过
力

魁地奇世界杯
赛上的恐怖场面

那些巫师惊慌失措，在树林边屏
息，希望得到魔法部的安慰，可令
他们大失所望。在黑魔标记出现
法部官员露面了，宣称没有人受
透露更多情况。究竟他的话是否
一小时后从树林里抬出几具尸
待继续观察。

“我认为是我的父母给了我力量。我知
如果他们现在能够看见我，一定会为我感
骄傲……是的，夜里有的时候，我仍然会
哭泣，我觉得承认这一点并不丢脸……
赛中没有什么能伤害到我，因为他们在
护着我……”

哈利终于在霍格沃茨找到了他的初
亲密好友科林·克里维说，哈利与一
敏·格兰杰的女生形影不离，格兰杰
人，出生于麻瓜家庭，她像哈利一样
的尖子生之一。

打败了神
定，而且可能
塔·斯基特报
露了哈利·波特
他是否适合参加
的竞赛，甚至是

的新闻
重大失误
本报特约记者丽塔·斯基特报
，霍格沃茨魔法学校校长，古怪的
不思·邓布利多一向敢于聘用有争
的教员。今年九月，他聘用了“疯
又”阿拉斯托·穆迪担任黑魔法防
术课的老师，这项决定令魔法部的
多人大跌眼镜。穆迪以喜欢使用恶
利名，以前当过傲罗。众所周知，
他面前突然移动，他就会
发起攻击。
仍然在逃
利·波特
心烦意乱，情绪危险
亥情绪很不稳
特约记者丽
京人的证据披
为，使人怀疑
赛这样高难度
格沃茨上学
“他也可能是装的，”一位专家说，“也许想引起注意。”
但《预言家日报》还发现了哈利·波特一些令人不安的状况，霍格沃茨的校长阿不思·邓布利多一直在为其小心
遮掩
编辑：谢诺菲留斯·洛夫古德
唱唱反调
弯角鼾兽被目击？
小天狼星
——像画上的这么黑暗吗？
臭名昭著的杀人魔王
还是无辜的歌坛巨星？
十四年来，小天狼星布莱克一直被认为是个杀人魔王，杀害了十二个无辜麻瓜和一名巫师。两年前布莱克胆大妄为地从阿兹卡班越狱逃跑，魔法部展开了前所未有的大范围搜捕。他应该被重新抓获，送回到摄魂怪手里，对此我们没有一个人提出质疑。
联盟
里的腐败：
龙卷风队
如何掌握大权
如果
古代如尼文
来，就能看
其实是一个
能把你仇
变成金橘
有人指控
卷风队是靠勒
飞天扫帚做手
而赢
对一个巫师的
访，他声称自己骑
一把横扫六星飞到
月亮上，并带回来
袋月亮上的青蛙
反调
哈利·波特
终于说出真相：
那天晚上
我看到神秘人复活
然而真是这样吗？
与部长密切接触的消息提供者最近透露，福吉最强烈的野心就是控制妖精的黄金储备，如果必要的话，他会毫不犹豫地动用武力。
“这也不会是第一次。”一位魔法部
友们都管他叫‘妖精杀手’，康奈
为身旁没人时所说的话
扔进水里淹死

银箭

比赛扫帚的真正祖先

霍琦女士就是骑着银箭学习飞行的

顺风可达每小时七十英里

彗星

秋和唐克斯骑的都是彗星260

德拉科的众多扫帚中也有一把彗星260

1929年，法尔茅斯猎鹰队的两名运动员伦道夫·凯奇和巴兹尔·霍顿成立了彗星贸易公司

这家公司推出的第一种型号的扫帚是彗星140，上面附有获得专利的霍顿-凯奇制动咒

飞天扫帚

“乌姆里奇办公室的门上有两个扫帚形状的大洞，那是弗雷德和乔治的两把横扫冲出去寻找主人时留下的。”

横扫

1926年，鲍勃、比尔和巴纳比·奥勒敦三兄弟创立了横扫扫帚公司

弗雷德和乔治骑的是横扫五星；罗恩后来骑的是横扫十一星

首款扫帚横扫一星转眼之间大获成功

《唱唱反调》采访了一位巫师，他声称自己骑着一把横扫六星飞到了月亮上，并带回来一袋月亮上的青蛙作为证据

魔法

飞路网

想要了解更多飞路网的内容，请翻至第43页

飞路网旅行是通过魔法界的壁炉完成的。

与飞路网的连接由魔法部的飞路网管理局设置。

这可以防止麻瓜壁炉的意外连接（不过仍有可能短暂连接）。

旅行者把一小撮飞路粉扔进火里。

火焰变成碧绿色，然后旅行者走进火中，喊出自己想去的地方。

一定要说得很清楚，并从正确的炉门里出来。

英国唯一获得许可的生产商是飞路嘭，这家公司的总部位于对角巷，敲门从来不会有人应答。

从未有过飞路粉短缺的报道。一百年来，它的价格始终保持不变：两个西可一勺。

飞路粉是十三世纪由伊格娜缇雅·怀尔德史密斯发明的。它的生产受到严格控制。

门钥匙

门钥匙是麻瓜的日常用品，被施了“门托斯”魔咒。它们可以在预定时间把巫师从一个地方运送到另一个地方。

一件物品变成门钥匙时，会发出蓝光。到了该运送的时间也会发出蓝光。

门钥匙可以一次运送大批的人。1994年的魁地奇世界杯比赛期间，英国各地投放了两百把门钥匙。

“‘门钥匙是什么样的东西？’哈利好奇地问。‘啊，五花八门，什么样的都有，’韦斯莱先生说，‘当然，都是看上去不起眼的东西，这样麻瓜就不会把它们捡起来摆弄……他们会以为这是别人胡乱丢弃的……’”

霍格沃茨特快列车

霍格沃茨特快列车

霍格沃茨的学生们乘火车去学校，从国王十字车站的$9\frac{3}{4}$站台出发。

可在第86页找到一张车票

“罗恩的那把‘流星’经常被蝴蝶甩在后面。”

“他轻轻一触，火弩箭就有了反应。它顺从的似乎是哈利的思想，而不是他的掌控。”

流星号
955年，宇宙扫帚有限公司开发了流星号，这是迄今为止最便宜的一种比赛扫帚
它刚刚掀起一阵普及热潮，人们便发现，使用时间一长，它的速度和上升能力就会降低
宇宙扫帚有限公司在1978年破产
霍格沃茨的公共扫帚里就有流星号
光轮
967年，光轮比赛扫帚公司成立
哈利的第一把比赛扫帚是麦格教授送给他的光轮2000
光轮1000时速达一百英里，能够在空中做定点三百六十度急转弯
哈利二年级时，卢修斯·马尔福为德拉科和整个斯莱特林魁地奇球队买了光轮2001型扫帚
最先进的比赛扫帚，爱尔兰队在1994年的魁地奇世界杯上使用
采用流线型设计，优质白蜡木柄，施以钻石硬度的增光剂
注册号码手工镌写
火弩箭
能在十秒钟内从静止加速到每小时一百五十英里，并内置牢不可破的制动咒
哈利在霍格沃茨上三年级时，被送了一把火弩箭

旅行方式

有许多日常方式可以在魔法界穿行，如飞天扫帚、幻影显形或通过飞路网。不太寻常的方式包括骑坐火龙、夜骐或会飞的摩托车。

幻影显形

- 巫师年满十七岁后，可以参加幻影显形课程，然后必须通过魔法交通司的一项测试
- 幻影显形者首先将注意力集中在一个地方，然后消失并重新出现在那个地方
- 幻影显形时需牢记三点：目标、决心和从容
- 幻影显形随着距离的增加越来越不可靠，只有技艺高超的巫师才能在各大洲之间穿行时尝试这种魔法
- 当幻影显形者与一位同伴（例如一名未成年巫师）一起旅行时，可以使用随从显形的方式
- 幻影显形最常见的伤害是“分体”——身体某部分的分离——这可能需要逆转偶发魔法事件小组的援助
- 大多数巫师的住所都受到魔法保护，不让幻影显形者擅自进入；例如，在霍格沃茨校园内的任何地方都不可能幻影显形

不太寻常的交通方式

- 会飞的汽车
- 会飞的摩托车
- 火龙
- 夜骐
- 凤凰
- 马人
- 布斯巴顿的马车
- 消失柜
- 德姆斯特朗的大船
- 盥洗室系统
- 时间转换器

KNIGHT BUS

骑士公共汽车

陷入困境的巫师的理想紧急交通工具。

想要了解更多内容，请翻至第50页

夜晚

白天

骑士公共汽车的驾驶员是厄恩·普兰，售票员是斯坦·桑帕克。

白天有座位，晚上有黄铜床架。

“‘你挺好的，哈利？我夏天老是在报上看到你的名字，可是没什么好话……我对厄恩说，我们见到他的时候他不像个疯子啊，慢慢显出来的，是不是？’”

斯坦·桑帕克

儿童单程票
从：
到：霍格沃茨魔法学校
十一
西可

骑士公共汽车

如果一位巫师急需交通工具，可以在路边举起持魔杖的手臂，骑士公共汽车就会出现。

“‘欢迎乘坐骑士公共汽车——用于运送陷入困境的巫师的紧急交通工具。你只要伸出拿魔杖的手，登上车来，我们就能把你送到你想去的任何地方。’”

斯坦·桑帕克

“‘是哈利·波特！我看见了他的伤疤！’”

斯坦·桑帕克

THE KNIGHT BUS

它可以行驶在陆地上的任何地方，但不能进入水下。

坐车可能很颠簸；车上有热饮供应，但并不十分推荐。

魔法部部长杜格德·麦克费尔于1865年推出骑士公共汽车。

“‘那么，去伦敦要多少钱？’‘十一个西可，’斯坦说，‘付十三个就能喝到热巧克力，付十五个能拿到一个热水袋和一把牙刷，颜色随便挑。’”

儿童单程票

从：

到：

“砰！一辆鲜艳的紫色三层公共汽车凭空出现在他们面前……

神奇美食
烘豆味
椰子味
吐司味
芽豆味
草莓味
咖喱味
咖啡味
青草味
沙丁鱼味
胡椒味
千鼻屎味
橘子酱味
零食推车
霍格沃茨特快列车
巧克力蛙
南瓜馅饼
坩埚形蛋糕
南瓜汁
甘草魔杖
阿不思·邓布利多，
现任霍格沃茨校长，
被公认为当代最伟大的巫师，
邓布利多广为人知的贡献包括：
一九四五年击败黑巫师格林德沃，
发现火龙血的十二种用途，
与合作伙伴尼可·勒梅在
炼金术方面卓有成效，
邓布利多教授爱好室内乐
及十柱滚木球戏。
与海格一起喝下午茶
茶
“牛肉”大杂烩
白鼬三明治
岩皮饼
糖浆太妃糖
蒲公英汁
吹宝超级泡泡糖
佐科牌打嗝糖
麦格教授的生姜蝾螈饼干
“‘吃一块饼干吧，波特。’”
弗雷德与乔治的发明
吐吐糖
可食用黑魔标记
肥舌太妃糖
昏迷花糖
鼻血牛轧糖
血崩豆
霍格沃茨的餐桌
早餐
香肠
番茄酱
熏咸肉
煎鸡蛋
粥
咖啡
南瓜汁
土豆泥
约克郡布丁
茶
牛奶壶
煎番茄
橘子酱
糖罐
炖鸡肉
烤牛肉
吐司
腌鲱鱼

牛肚味
肝脏味
菠菜味
在哪里
蜂蜜公爵
糖果店
薄荷味
巧克力
巧克力球
薄荷
蟾蜍糖
血腥味的
棒棒糖
滋滋
蜜蜂糖
牙线
薄荷糖
胡椒
小顽童
蟑螂串
果冻
冰老鼠
鼻涕虫
乳脂软糖
苍蝇
爆炸
夹心
软糖
吉露
爆爆糖
菠萝蜜饯
巧克力味
高级糖棒羽毛笔
发烧糖
黄油啤酒
跳舞的酒杯
橡木
催熟的
蜂蜜酒
一小杯鳃囊草水
四品脱热蜂蜜酒
一杯加冰和伞的
樱桃糖浆苏打
红醋
饮品
荨麻酒
接骨木
花酒
南瓜
汽水
奥格登
陈年火焰
威士忌
蛋酒
烹调
雪利酒
金丝雀饼干
CANARY CREAM
香肠
面包卷
汤
牛排腰子馅饼
晚餐
鸡肉和火腿馅饼
肉馅土豆泥饼
黄油
羊羔排
牛肉大杂烩
菜肉烘饼
苹果馅饼
午餐
烤土豆
炖菜
大黄馅酥皮派
呕吐味
耳屎味
比比多味豆
每一口都是一次冒险的经历！

魔法庆典

三强争霸赛欢迎宴会

“‘争霸赛将于宴会结束时正式开始。’邓布利多说，‘我现在邀请大家尽情地吃喝，就像在自己家里一样！’”

复活节彩蛋

“哈利和罗恩得到的彩蛋都有火龙蛋那么大，里面装满了自制的太妃糖。”

第一个项目结束后

“果然，当他们走进格兰芬多公共休息室时，里面再次爆发出一片欢呼和喧哗。”

比尔和芙蓉的婚礼

“一大片银色的星星落在他们身上，绕着他们此刻紧紧相拥的身体旋转。”

哈利的生日宴

“‘十七了，是不？’海格一边从弗雷德手里接过小桶那么大的一杯酒，一边说，‘六年前的今天我们俩相见，哈利，你还记得吗？’

‘有点印象，’哈利笑嘻嘻地抬头看着他说，‘你是不是撞烂了大门，给了达力一条猪尾巴，还对我说我是个巫师？’”

哈利在霍格沃茨度过的第一个圣诞节

“这是哈利有生以来最愉快的一个圣诞节。”

圣诞舞会

“礼堂的墙壁上布满了闪闪发亮的银霜，天花板上是星光灿烂的夜空，还挂着好几百只槲寄生小枝和常春藤编成的花环。四张学院桌子不见了，取而代之的是一百张点着灯笼的小桌子，每张桌子旁坐着十来个人。”

在格里莫广场度过的圣诞节

“他们听到小天狼星在门外高唱着‘上帝保佑你，快乐的鹰头马身有翼兽’朝巴克比克的房间走去……”

家庭作业
计划簿
比比
多味豆

角色阵容
阿不思·邓布利多
丽塔·斯基特
西比尔·特里劳尼
多洛雷斯·乌姆里奇
米勒娃·麦格
各种
奇装异服
学校制服
霍格沃茨
魔法学校
布斯巴顿
魔法学院
德姆斯特朗
魔法学院
哈利·波特
罗恩·韦斯莱
赫敏·格兰杰
德拉科·马尔福
芙蓉·德拉库尔
潘西·帕金森
鲁伯·海格
圣诞舞会
米勒娃·麦格
帕瓦蒂·佩蒂尔
帕德玛·佩蒂尔

奎里纳斯·奇洛
康奈利·福吉
吉德罗·洛哈特
奥古斯塔·隆巴顿
鲁伯·海格

韦斯莱家的毛衣

“‘你为什么不穿上你的呢，罗恩？’乔治问道，‘来吧，穿上吧，这毛衣可是又漂亮又暖和啊。’

‘我不喜欢暗紫红色。’罗恩半真半假地抱怨着，把毛衣套上了脑袋。

‘你的毛衣上没有字母，’乔治说，‘她大概认为你不会忘记自己的名字。我们也不傻，知道自己叫乔雷德和弗治。’”

F
G
弗雷德与乔治

罗恩
多比
哈利
P
珀西

家养小精灵多比

谚 语

魔法界有很多独特的谚语，经常在谈话中出现。

‘**跟你开个玩笑***，其实我是弗雷德——’

弗雷德·韦斯莱

* Yanking your wand，直译为“拽拽魔杖”。

‘唉，得啦，药水已经洒了，哭也没有用……**这就像狸猫闯进了小精灵堆**。’

阿拉贝拉·费格

‘**毒蘑菇是不会改变它们的斑点的**。’

罗恩·韦斯莱

“‘那些迷信说法之一，不是吗？“五月生的女巫嫁麻瓜。”“恶咒在黄昏，破解在午夜。”“接骨木魔杖，决不会兴旺。”你们一定听说过。我妈妈满肚子都是这些。’”

罗恩·韦斯莱

‘**狂奔的戈耳工啊**，哟，我想起来了。’海格用足以推倒一匹壮马的力量拍了拍他的脑门。

‘梅林最肥的三角短裤啊，这到底是怎么回事？’

罗恩·韦斯莱

‘**老滑头多吉可以从他高高在上的鹰头马身有翼兽上下来了**，因为我找到了大多数记者愿意用魔杖交换的消息来源。’

丽塔·斯基特

‘**梅林的胡子啊**，’穆迪瞪着地图，低声说道，那只魔眼疯狂地乱转，‘这……这张地图可不同一般，波特！’

‘又是韦斯莱家的？**你们繁殖得像地精一样快**。’

穆丽尔姨婆

‘**时间就是金加隆，弟弟**。’

弗雷德·韦斯莱

‘**信没送到之前，先别忙着数猫头鹰**。’邓布利多沉着脸说，‘估计成绩在今天什么时候就能送到了。’

一支魁地奇球队有七名队员

① 凶兆

“‘不祥，亲爱的，不祥！’特里劳尼教授喊道，看到哈利竟然没有听懂，她似乎感到非常震惊，‘那条在墓地出没的阴森森的大狗！亲爱的孩子，它是一个凶兆——最险恶的凶兆——死亡的凶兆！’”

③ 禁忌

“‘别说名字！’罗恩厉声打断了她。哈利和赫敏面面相觑。

‘对不起，’罗恩撑起身子看着他们，轻轻呻吟了一声，‘那让我感觉像一个——一个恶咒什么的。我们不能叫他神秘人吗，拜托？’”

守护魔法石的有七道机关

和 迷信

④ 阴谋

“‘傲罗是腐牙阴谋的一部分。我以为大家都知道呢。他们想利用黑魔法和牙龈病从内部搞垮魔法部。’”

卢娜·洛夫古德

哈利·波特出生于七月

哈利花七个金加隆购买魔杖

童话故事 ②

“‘从前，有三兄弟在一条僻静的羊肠小道上赶路。天色已近黄昏——’

‘是午夜，妈妈一直对我们这样说。’罗恩说道，他伸了个懒腰，双手抱在脑后听着。赫敏气恼地瞪了他一眼。

‘对不起，我想如果是午夜会更让人害怕！’罗恩说。

‘是啊，我们的生活里的确需要多一点恐惧。’哈利忍不住脱口而出。”

“‘那些就是死亡圣器。’谢诺菲留斯说。他从肘边堆满东西的桌上捡起一根羽毛笔，又从书堆中抽出一张破羊皮纸。‘老魔杖。’他在羊皮纸上画了一条竖线。‘复活石。’他在竖线上面添了个圆圈。‘隐形衣。’他在竖线和圆圈外面画了个三角形，就成了令赫敏如此好奇的那个符号。‘合在一起就是——死亡圣器。’”

韦斯莱家有七个孩子

活点地图上有七条通往霍格沃茨校外的秘密通道

⑤ 第三视觉

“‘有谁愿意让我帮他解释一下灵球里模糊的征兆吗？’她在手镯脚镯的叮当声中喃喃低语。

‘我不需要帮助，’罗恩小声说，‘这征兆很明显，今夜会有大雾。’”

疯眼汉穆迪的箱子有七个钥匙孔

⑥ 迷信观念

“‘如果我坐到桌边，就是正好十三位！这是最不吉利的！别忘了，当十三个人一起用餐时，第一个站起来的肯定会第一个死去！’

‘我们愿意冒险，西比尔。’麦格教授不耐烦地说，‘坐下吧，火鸡都凉得跟石头一样了。’”

数字占卜 ⑦

“‘七不是最有魔力的数字吗……’”

小知识

不列颠和爱尔兰的魁地奇联盟中共有十三支球队，其中最古老的是普德米尔联队，组建于1163年。

每个赛季，在比赛中甘冒危险、创造出最激动人心场面的运动员都会被授予“危险的戴伊纪念章”。

1884年在博德明沼地举行的一场比赛持续了六个月，因为两支球队的找球手都捉不住金色飞贼。

“干掉找球手”是布鲁特·斯克林杰的《击球手的圣经》中的第一法则。

不列颠最快捉到飞贼的记录是三秒半，由塔特希尔龙卷风队的罗德里·普伦顿创下。

神奇的魁地奇球

“‘那是我们的一种运动。一种巫师们玩的球类运动。它像——麻瓜世界的足球——人人都喜欢玩魁地奇——骑飞天扫帚在空中打，有四个球——至于玩球的规则嘛，解释起来还真有点儿困难。’”

鲁伯·海格

魁地奇球

鬼飞球

皮制，十二英寸

- 抓握咒：鬼飞球被施上一种魔咒，如果没被接住，会慢慢地落向地面
- 追球手每次将球投过铁环，就能获得十分
- 守门员负责守护球门柱

金色飞贼

金属材质，胡桃大小

- 被施了魔咒，可以灵活躲避抓捕，且不会跑到球场外边
- 找球手捉到飞贼，便可获得一百五十分，并结束比赛

游走球×2

铁制，十英寸

- 被施了魔咒，会追击离得最近的球员
- 击球手用球棒击打游走球，使其远离他们自己的球队

“‘哦，你等等，这是世界上最好的娱乐——’”

罗恩·韦斯莱

守门员
追球手
找球手
击球手

运动员想飞多高都可以，但是不得超越球场的边界

球场

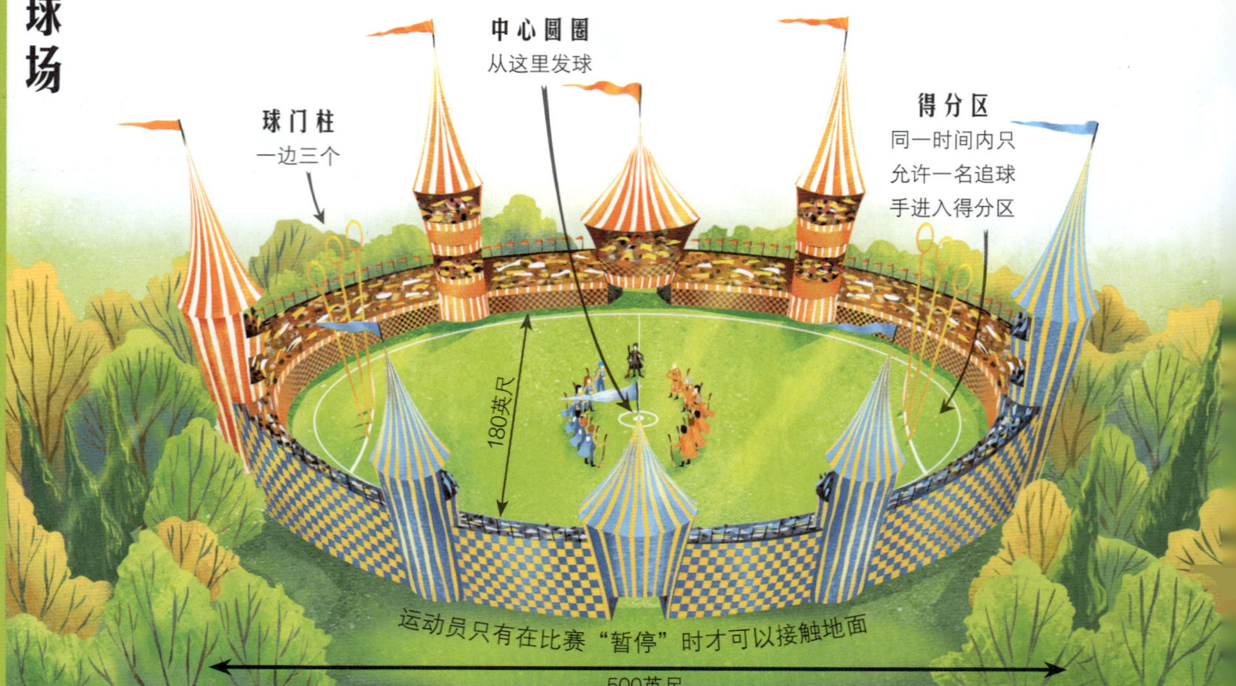

中心圆圈
从这里发球
球门柱
一边三个
得分区
同一时间内只允许一名追球手进入得分区
180英尺
运动员只有在比赛“暂停”时才可以接触地面
500英尺

1994年
魁地奇世界杯

如何抵达

为了避免引起麻瓜的怀疑，大家错峰到达。持便宜票的人必须提前两周到达。

决赛在英国的达特穆尔举行。十万名来自世界各地的巫师前来观看爱尔兰对保加利亚的比赛。

麻瓜交通方式

允许有限数量的人乘坐火车和公共汽车。

幻影显形

巫师可以幻影显形到附近一座树林的幻影显形点，在那里麻瓜不会看到他们显形。

门钥匙

两百把门钥匙被投放在英国各地。

威克多尔·克鲁姆
保加利亚队找球手

住在哪里

世界杯观众待在体育场附近的一个麻瓜营地。

游客们必须按麻瓜的方式搭帐篷，不得使用魔法

比赛集锦

鹰头进攻阵形

三名爱尔兰追球手以箭头的形状紧密地靠在一起，向保加利亚球员逼近。

波斯科夫战术

一名爱尔兰追球手带着鬼飞球往上冲，引开保加利亚追球手，然后再把球扔给同队球员。

朗斯基假动作

找球手全速向地面俯冲，诱使对方的找球手跟随。克鲁姆成功地完成了这次危险的声东击西，使爱尔兰队的找球手坠落。

“哈利通过望远镜一会儿看这里，一会儿看那里，只见鬼飞球像子弹一样，从这个人手里传到那个人手里。”

纪念品

- 能尖声喊出球员名字的会发光的玫瑰形徽章
- 供收藏的著名球员塑像
- 爱尔兰和保加利亚的国旗，挥舞起来会演奏各自的国歌
- 火弩箭小模型
- 绿色的尖顶帽，上面装点着随风起舞的三叶草
- 保加利亚的围巾，印在上面的狮子真的会发出吼叫
- 全景望远镜

魁地奇的历史

公元962 飞天扫帚的最早记录
11世纪 这种游戏以其最初的形式出现在魁地沼
早期的游走球（被施魔法的石头）
早期的球门柱（使用一个木桶）
早期的鬼飞球（皮革球）
12世纪 游戏被命名为鬼地奇；玩家们用棍棒击打石头，或者追逐皮球，把球扔进桶里即可得分
13世纪 到目前为止，球门柱上都有筐子，由每支球队的守门员防守
15世纪初 魁地奇运动传到法国和挪威等欧洲国家
门柱筐子
追球手（称为“抓球手”）
击球手（击打“游游球”）
守门员
1368 巫师议会规定在城镇的方圆一百英里内打魁地奇球是违法的
1473 首届魁地奇世界杯举行，该赛事每四年举行一次；1473年的决赛是历史上最暴力的一场比赛
1269 在一场魁地奇比赛中放出了一只金飞侠，球员们的挑战是把它抓住
金色飞贼
14世纪中期 金飞侠成为一种受保护的物种，促使戈德里克山谷的鲍曼·赖特发明了一种施了魔法的金属球作为替代品
不是飞贼
16世纪初 球队开始使用金属游走球
游走球
找球手
1269—14世纪中期 抓金飞侠成为了每场比赛的一部分，这对这种神奇鸟类的数量造成威胁

1538 禁止向对方球队使用魔杖，防止了许多魔法犯规行为
17世纪 世界杯成为真正的世界性赛事，欧洲以外的国家也纷纷参加比赛
1620 球场现在有了得分区，建议守门员待在得分区内
1652 首届欧洲杯
1674 不列颠和爱尔兰魁地奇联盟成立；每年有十三支球队参加联盟杯的角逐
1692 魔法体育运动司开始执行《保密法》准则
1711 鬼飞球变成深红色，以便看得更清楚；不久之后，戴西·彭尼德发明了现代版的鬼飞球
彭尼德鬼飞球
1750 魔法体育运动司制定了魁地奇的标准规则
1877 无人记得的世界杯：所有关于这年世界杯的记忆都消失了，尽管一些球员身上留有神秘的伤；1878年补赛了一场
1883 为了让比赛更加公平，门柱筐子被带铁环的球门柱所取代，这引起了许多球迷的愤怒
1884 一项新的规则规定，只有携带鬼飞球的追球手才能进入得分区，以防止其他追球手把守门员撞到一边
1926 横扫一星问世，这是第一款专为体育运动设计的比赛扫帚
1994 哈利·波特观看爱尔兰对保加利亚的魁地奇世界杯决赛

3

迷人的空间
和
奇特的地方

通过本章，你可以探索进入魔法世界和在其中穿梭的那些令人眼花缭乱的方法。陶醉在对角巷的喧嚣声中，探索那些出售魔法用品的商店，它们的历史比任何人的记忆都更久远。参观陋居，欣赏明信片一般的霍格莫德村雪景。最后，当霍格沃茨特快列车准备出发时，去$9\frac{3}{4}$站台完成你的旅程。

哈利所接触的魔法世界

霍格沃茨魔法学校
用魔法隐藏
霍格莫德
蜘蛛尾巷
苏格兰
科克沃斯
中部地区
洛夫古德家 · 南海岸
北爱尔兰
迪安森林
格鲁斯特郡
上弗莱格利
约克郡
威尔士
英格兰
戈德里克山谷 · 西南部
1994年魁地奇世界杯体育场
德文郡，达特穆尔
伦敦
小惠金区
萨里郡
奥特里·圣卡奇波尔
南海岸
贝壳小屋
康沃尔郡，丁沃斯
陋居

阿兹卡班
不可标绘
9¾站台
国王十字车站
破釜酒吧
查令十字街
对角巷
格里莫广场12号
不可标绘
魔法部
圣芒戈魔法伤病医院
女贞路4号
小汉格顿
* 重要的地址 *
韦斯莱家
奥特里·圣卡奇波尔，陋居
比尔·韦斯莱和芙蓉·德拉库尔
康沃尔郡，丁沃斯，贝壳小屋
洛夫古德家
奥特里·圣卡奇波尔村外的山上
德思礼家
萨里郡，小惠金区，女贞路4号
凤凰社
伦敦，格里莫广场12号
西弗勒斯·斯内普
科克沃斯，蜘蛛尾巷
巴希达·巴沙特
戈德里克山谷
里德尔家
小汉格顿
马尔福庄园 威尔特郡
阿兹卡班 第172页
对角巷 第70页
格里莫广场 第80页
陋居 第82页
9¾站台 第86页
霍格沃茨 第88页
魔法部 第162页
圣芒戈 第168页

在魔法世界中
方法
飞路网
魔法部来宾入口
圣芒戈魔法伤病医院
魔法部
PURGE & DOWSE
CLOSED

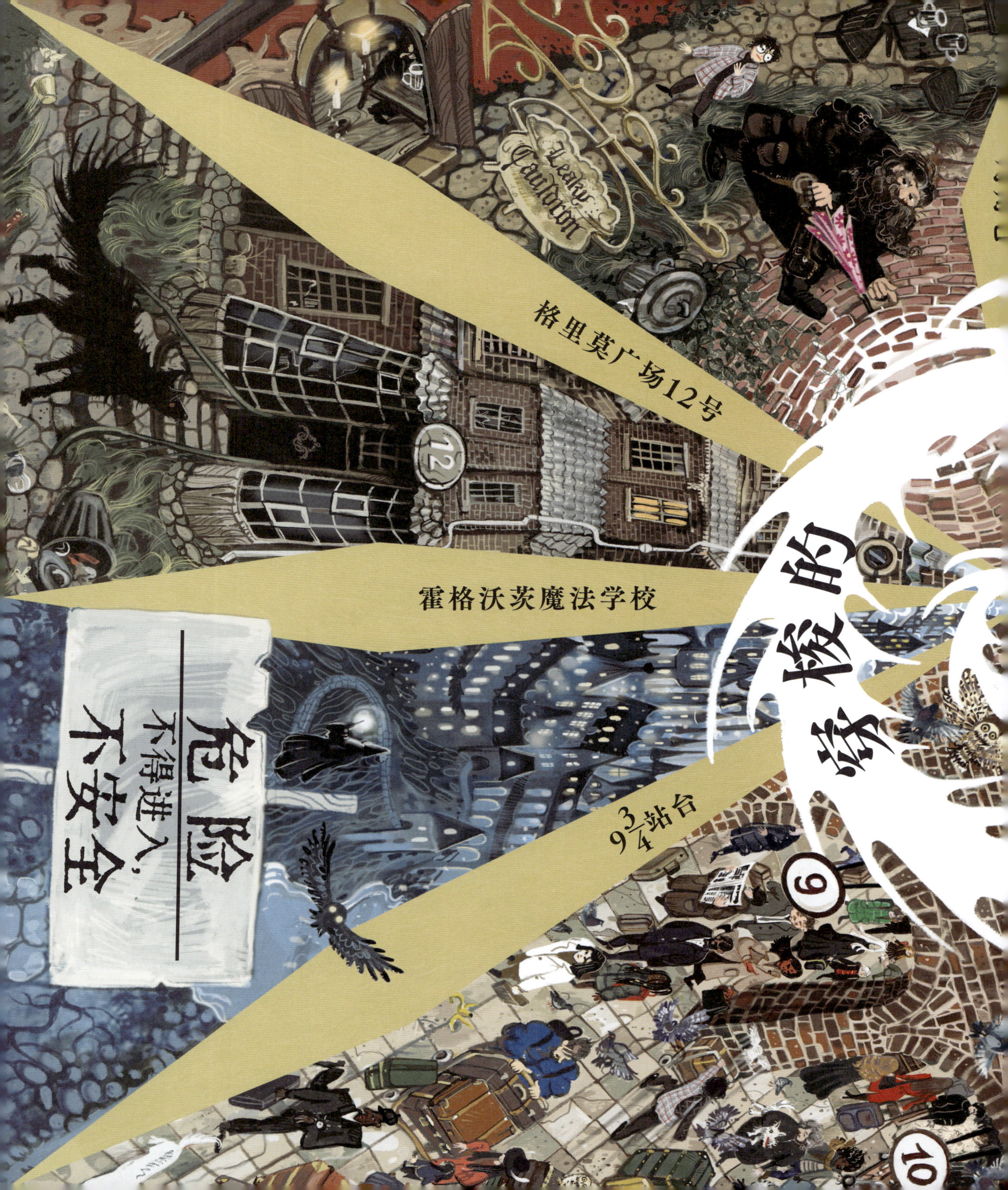
穿梭的
Leaky Cauldron
格里莫广场12号
12
霍格沃茨魔法学校
危险
不得进入，
不安全
9$\frac{3}{4}$站台
9
10

欢迎你来到
对角巷

“‘这些东西我们在伦敦都能买到吗？’哈利大声问。
‘只要你知道门径就行。’海格说。”

“别，克鲁克山，别！”

“你把这怪物买下来了？”

“妈妈，我可以买一只侏儒蒲吗？”

“它多漂亮啊，是不是？”

“龙肝，十六西可一盎司，他们疯了……”

如何进入著名的魔法购物街

对 角 巷

1. 走进查令十字街的破釜酒吧（即那家麻瓜看不见的破败酒吧）

2. 找到那个带围墙的小院子（穿过酒吧，从后门出去）

3. 数一数垃圾桶上方的砖（往上数三块……往横里数两块……）

4. 在墙上敲三下

“那些《妖怪们的妖怪书》是怎么回事，啊？我们说要买两本，店员差点哭出来。”

“《拨开迷雾看未来》。很好的指南，教你学会所有最基本的占卜方法——看手相、水晶球、鸟类内脏……”

“霍格沃茨的级长和他们离校后从事的职业……听起来蛮吸引人的……”

“看哪……那是新型的光轮2000——最高速——”

“照老规矩，海格？”

“他敲过的那块砖抖动起来，开始移动，中间的地方出现了一个小洞，洞口越变越大。不多时，他们面前就出现了一条足以让海格通过的宽阔的拱道，通向一条蜿蜒曲折、看不见尽头的鹅卵石铺砌的街道。”

“好吧，如果你不想换一只，不妨试试这种老鼠强身剂。”

“老伙计，这是一台望月镜——再也用不着摆弄月亮图表了，是不是？”

“著名的哈利·波特，”马尔福说，“连进书店都免不了成为头版新闻。”

“试试这一根。山毛榉木和火龙的心脏神经做的。九英寸长。不错，很柔韧。你挥一下试试。”

“一共三个加隆、九个西可、一个纳特……付钱吧。”

“刚出来的……样品……”

“噢，换了我可不会读那本书……读完以后，你不管在哪儿都能看到死亡预兆，足以把你吓死。”

“我卖出的每一根魔杖我都记得，波特先生。每一根魔杖我都记得。”

“我再也不进这些货了，再也不了！真是闹得一团糟！那次我们买了两百本《隐形术的隐形书》——花了一大笔钱，后来连个影子都没找到……我还以为不会有比那更糟糕的呢……”

“哈利，我想去破釜酒吧喝一杯提神饮料，你不介意吧？古灵阁那小推车太可恨了。”

“我想，你会成就一番大事业的，波特先生……”

“这是世界上飞得最快的扫帚。是吗，爸爸？”

“我爸爸在隔壁帮我买书，妈妈到街上找魔杖去了。”

“我想，我要逼着爸爸给我买一把，然后想办法偷偷带进去。”

“爱尔兰国际俱乐部刚下了订单，要买七把这样的精品！”

对角巷1号

是伦敦最古老的酒吧，早在查令十字街出现之前就已经矗立在这里

据说它是十六世纪初与对角巷同时建成的

破釜酒吧有一种啤酒叫甘普老乡会，味道特别难喝，从来没有人能喝完一品脱

楼上有几间卧室供旅客使用

哈利住在11号房间时，里面有一张舒适的床、锃亮的橡木家具、一个壁炉，脸盆上方还有一面会说话的镜子

“哈利可以听见身后那条看不见的麻瓜街道上的车水马龙声，还有楼下对角巷里那些看不见的人群的嘈杂声。”

对角巷的——商店——

LEAKY CAULDRON
Gringotts WIZARDING BANK
GAMBOL AND JAPES WIZARDING JOKE SHOP
ALL SIZES
COPPER, BRASS,
PEWTER, SILVER
SELF-STIRRING
COLLAPSIBLE
CAULDRONS
FLOREAN FORTESCUE'S ICE-CREAM PARLOUR
OBSCURUS BOOKS
Madam Malkin's ROBES FOR ALL OCCASIONS
1
2
3
4
5
6
7

“还有的商店出售长袍，有的出售望远镜和哈利从没有见过的稀奇古怪的银器。还有的橱窗里摆满了一篓篓蝙蝠脾脏和鳗鱼眼珠，堆满了咒语书、羽毛笔、一卷卷羊皮纸、药瓶、月球仪……”

1.破釜酒吧
2.摩金夫人长袍专卖店
3.默默然图书公司
4.蹦跳嬉闹魔法笑话商店
5.福洛林·福斯科冰淇淋店
6.古灵阁巫师银行
7.坩埚店
8.飞路嘭商店
9.药店
10.脱凡成衣店
11.预言家日报
12.神奇动物商店
13.魁地奇精品店
14.丽痕书店
15.韦斯莱魔法把戏坊
16.咿啦猫头鹰商店
17.惠滋·哈德图书公司
18.奥利凡德：自公元前382年即制作精良魔杖
19.翻倒巷
20.博金-博克黑魔法商店

Twilfitt & Tatting's
Daily Prophet
Magical Menagerie
Quality Quidditch Supplies
Flourish AND Blotts
Weasleys' Wizard Wheezes
Borgin & Burkes
THE APOTHECARY
KNOCKTURN ALLEY
Ollivanders
MAKERS of FINE WANDS since 382 BC
WHIZZ HARD BOOKS
EEYLOPS
OWL EMPORIUM
8
9
10
11
12
13
14
15
16
17
18
19
20

对角巷的药店

“随后他们光顾了一家药店，那里散发出一股臭鸡蛋和烂卷心菜叶的刺鼻气味。但药店十分神奇，地上摆放着一桶桶黏糊糊的东西，顺墙摆着一罐罐药草、干草根和各种颜色鲜亮的粉末，天花板上挂着成捆的羽毛、成串的尖牙和毛多多的爪子。”

研成粉末的双角兽的角

流液草

非洲树蛇皮

弗洛伯毛虫

黏液有时用来增稠药剂

水仙根粉末

加入艾草浸液会得到生死水

粪石

是从山羊的胃里取出来的一种石头，有极强的解毒作用

百里香

缩身药水配料

- 雏菊的根（切碎）
- 缩皱无花果（去皮）
- 毛虫（切片）
- 老鼠的脾（只需要一个）
- 蚂蟥汁（一点点）

老鼠 脾脏

鳃囊草

可以使人在水下呼吸

酸洗的莫特拉鼠《触角汁液》

莫特拉鼠触角的汁液可以止血和治疗疖子；把莫特拉肿瘤吃掉，它会增强你对恶咒和厄运的抵御力

过量食用会导致耳边生出难看的紫色耳毛

翻至第145页，寻找生死水的配方

龙爪
据说龙爪粉
能让人精神振奋
龙肝
16 西可 一盎司
甲虫小眼珠
5纳特一勺
鳗鱼眼珠
蛇的毒牙
治疗疖子的简单药水
粉碎的蛇的毒牙
干荨麻
蚂蟥
狼毒乌头
又被称为乌头或舟形乌头
白鲜香精
治疗伤口
可用来制造迷情剂
也可以被完整地吞下去，用来治疗热病
冻结的
火灰
蛇卵
艾草浸液
复方汤剂
配方
草蛉虫（熬21天）
蚂蟥
流液草（在满月的那天采）
两耳草
双角兽的角（研成粉末）
非洲树蛇皮（碎片）
你想变的那个人身上的一点儿东西
缬草根
草蛉虫
绝音鸟的
羽毛
可用在吐真剂
和回忆剂当中
独角兽角
瞌睡豆
月长石粉
与嚏根草糖浆混合
制成缓和剂
两耳草
21 加隆

奥利凡德

自公元前382年即制作精良魔杖

“他们进店时，店堂后边的什么地方传来了阵阵叮叮当当的铃声。店堂很小，除了一张长椅，别的什么也没有。海格坐到长椅上等候。”

加里克·奥利凡德被公认为世界上最优秀的魔杖制作者。全球各地的巫师都慕名前来参观他这家位于对角巷的虽不起眼但声名显赫的店铺。

奥利凡德先生先是给顾客量尺寸，然后挑选魔杖让他们试用。顾客挥动每根魔杖，寻找最适合自己施展魔法的那一根。

“他从衣袋里掏出一长条印有银色刻度的卷尺。‘你用哪只胳膊使魔杖？’”

“‘记住，是魔杖选择巫师……’”

加里克·奥利凡德

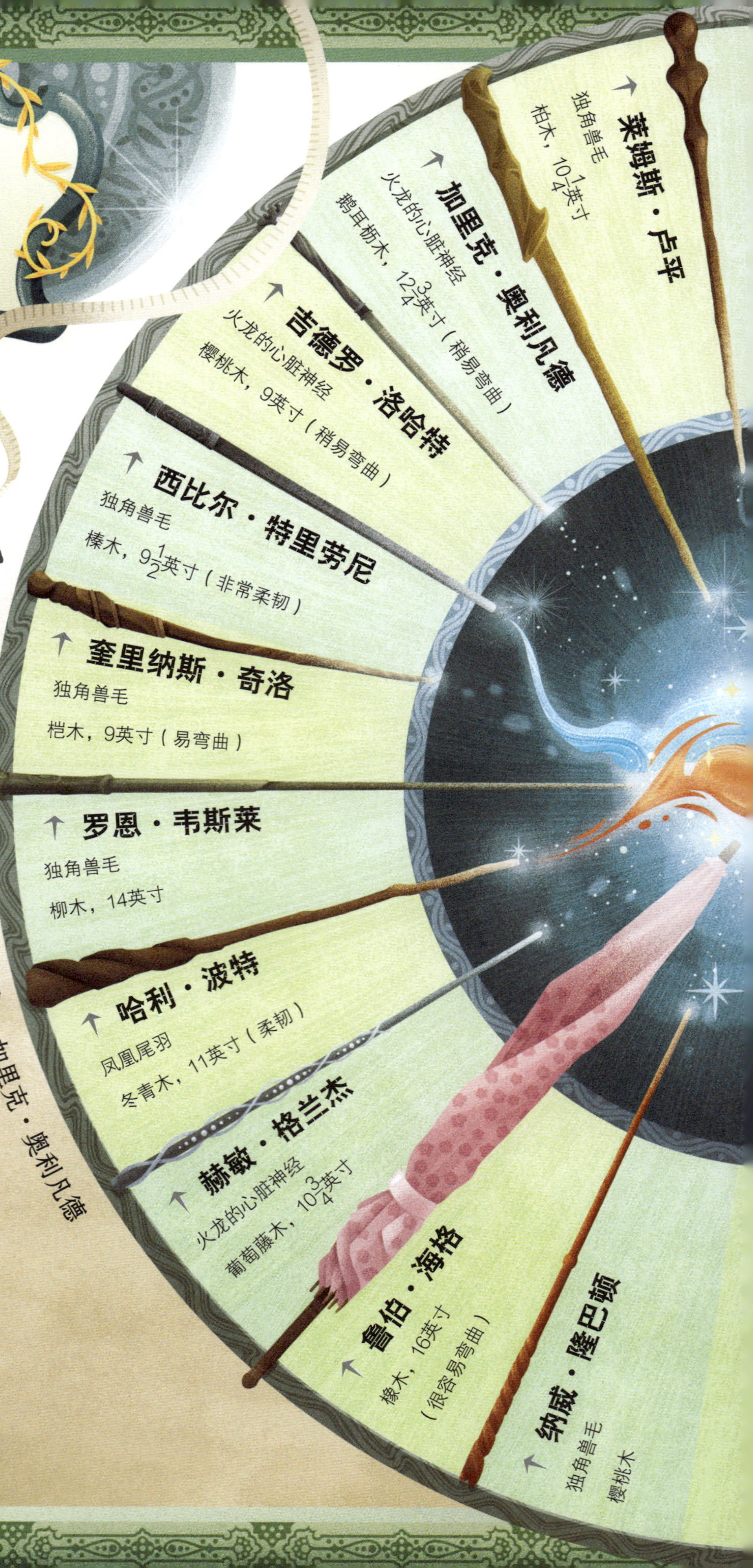
莱姆斯·卢平
独角兽毛
柏木，10$\frac{1}{4}$英寸
加里克·奥利凡德
火龙的心脏神经
鹅耳枥木，12$\frac{3}{4}$英寸（稍易弯曲）
吉德罗·洛哈特
火龙的心脏神经
樱桃木，9英寸（稍易弯曲）
西比尔·特里劳尼
独角兽毛
榛木，9$\frac{1}{2}$英寸（非常柔韧）
奎里纳斯·奇洛
独角兽毛
桤木，9英寸（易弯曲）
罗恩·韦斯莱
独角兽毛
柳木，14英寸
哈利·波特
凤凰尾羽
冬青木，11英寸（柔韧）
赫敏·格兰杰
火龙的心脏神经
葡萄藤木，10$\frac{3}{4}$英寸
鲁伯·海格
橡木，16英寸
（很容易弯曲）
纳威·隆巴顿
独角兽毛
樱桃木

多洛雷斯·乌姆里奇
火龙的心脏神经
桦木，8英寸
米勒娃·麦格
火龙的心脏神经
冷杉木，$9\frac{1}{2}$英寸（坚硬）
贝拉特里克斯·莱斯特兰奇
火龙的心脏神经
胡桃木，$12\frac{3}{4}$英寸（不易弯曲）
汤姆·里德尔
凤凰尾羽
紫杉木，$13\frac{1}{2}$英寸
莉莉·波特
柳木，$10\frac{1}{4}$英寸
（挥起来嗖嗖响）
詹姆·波特
桃花心木，11英寸
（柔韧）
小矮星彼得
火龙的心脏神经
栗木，$9\frac{1}{4}$英寸（质地坚脆）
塞德里克·迪戈里
独角兽毛
白蜡木，$12\frac{1}{4}$英寸（弹性优良）
德拉科·马尔福
独角兽毛
山楂木，10英寸（弹性尚可）
卢修斯·马尔福
火龙的心脏神经
榆木
“这里的尘埃和肃静似乎使人感到暗藏着神秘的魔法。”
“尘封的橱窗里，褪色的紫色软垫上孤零零地摆着一根魔杖。”

翻至第134页了解魔杖学

对角巷93号
韦斯莱魔法把戏坊
“而弗雷德和乔治的橱窗像烟火展览一样吸引着人们的眼球。普通的行人都忍不住扭头看着那橱窗，还有几个人显得特别震惊，竟然停下脚步，一副痴迷的样子。左边的橱窗里五光十色，摆着各种各样旋转、抽动、闪烁、跳跃和尖叫的商品。”
白日梦咒
专利产品：白日梦咒
适用于普通学校上课，
操作简单，绝对令人难以察觉
（副作用包括表情呆滞和轻微流口水）
不向十六岁以下少年出售
78
侏儒蒲
“‘如果你们想买楼上演示的那种便携式沼泽，请来对角巷93号——韦斯莱魔法把戏坊……我们的新店铺！’”
弗雷德·韦斯莱
防咒手套和防咒帽
魔法部给他们所有的工作人员买的帽子
防咒斗篷
猫头鹰订单服务
还可以对产品进行伪装，以免被没收
韦斯莱
嗖嗖-嘭
烟火
简装火焰盒——5加隆
豪华爆燃——20加隆
可食用
黑魔标记
谁吃谁恶心！
肥舌
太妃糖
血豆
金丝雀饼干
7个银西可一块
伸缩耳
速效
逃课糖
·吐吐糖·
·发烧糖·
·昏迷花糖·
·鼻血牛轧糖·
秘方：狐媚子的毒液，毒触手的种子，莫特拉鼠触角的汁液
两头嚼的彩色口香糖
经过品尝和测试
霍格沃茨禁止
吃一半就可以翘课
然后吃掉另一半即可恢复健康，无需忍受毫无益处的无聊时光
昏迷花糖
鼻血牛轧糖
吐吐糖
发烧糖
吐吐糖
昏迷花糖

韦斯莱
NO. 93
魔法把戏坊
在霍格沃茨，有恶作剧物品一概被禁止
你为什么
担心
神秘人？
你应该关心
便秘仁
便秘的感觉
折磨着
国人！
诱饵炸弹
“还有我们的诱饵炸弹，快卖得脱销了，看。”
弗雷德·韦斯莱
羽毛笔
麻瓜魔术道具
79
无头帽
2加隆一顶
神奇女巫
迷情剂
效果可以长达二十四个小时
十秒
消除脓包
特效灵
消除脓包
隐身烟幕弹
“你看，隐身烟幕弹，秘鲁进口。如果你想快速脱身，用起来是很方便的。”
乔治·韦斯莱
戏法魔杖
戏法魔杖
笑话坩埚

格里莫广场12号

凤凰社指挥部位于伦敦格里莫广场12号。

格里莫广场12号是最古老的巫师家族之一——布莱克家族的祖宅。

“哈利专心地想着，刚想到格里莫广场12号，就有一扇破破烂烂的门在11号和13号之间凭空冒了出来，接着肮脏的墙壁和阴森森的窗户也出现了，看上去就像一座额外的房子突然膨胀出来，把两边的东西都挤开了。哈利看得目瞪口呆。11号的立体声音响还在沉闷地响着，显然住在里面的麻瓜们什么也没有感觉到。”

小天狼星青少年时期的卧室
GRYFFINDOR
最古老而高贵的布莱克家族
永远纯洁
吉德罗·洛哈特
教你清除家里的害虫
11
12

小天狼星十六岁时离家出走，但他作为布莱克家族最后一名在世的成员，继承了这座祖宅。

哈利和罗恩的卧室里还挂着一幅菲尼亚斯·奈杰勒斯·布莱克的肖像。

从格里莫广场步行到国王十字车站大约需要二十分钟。

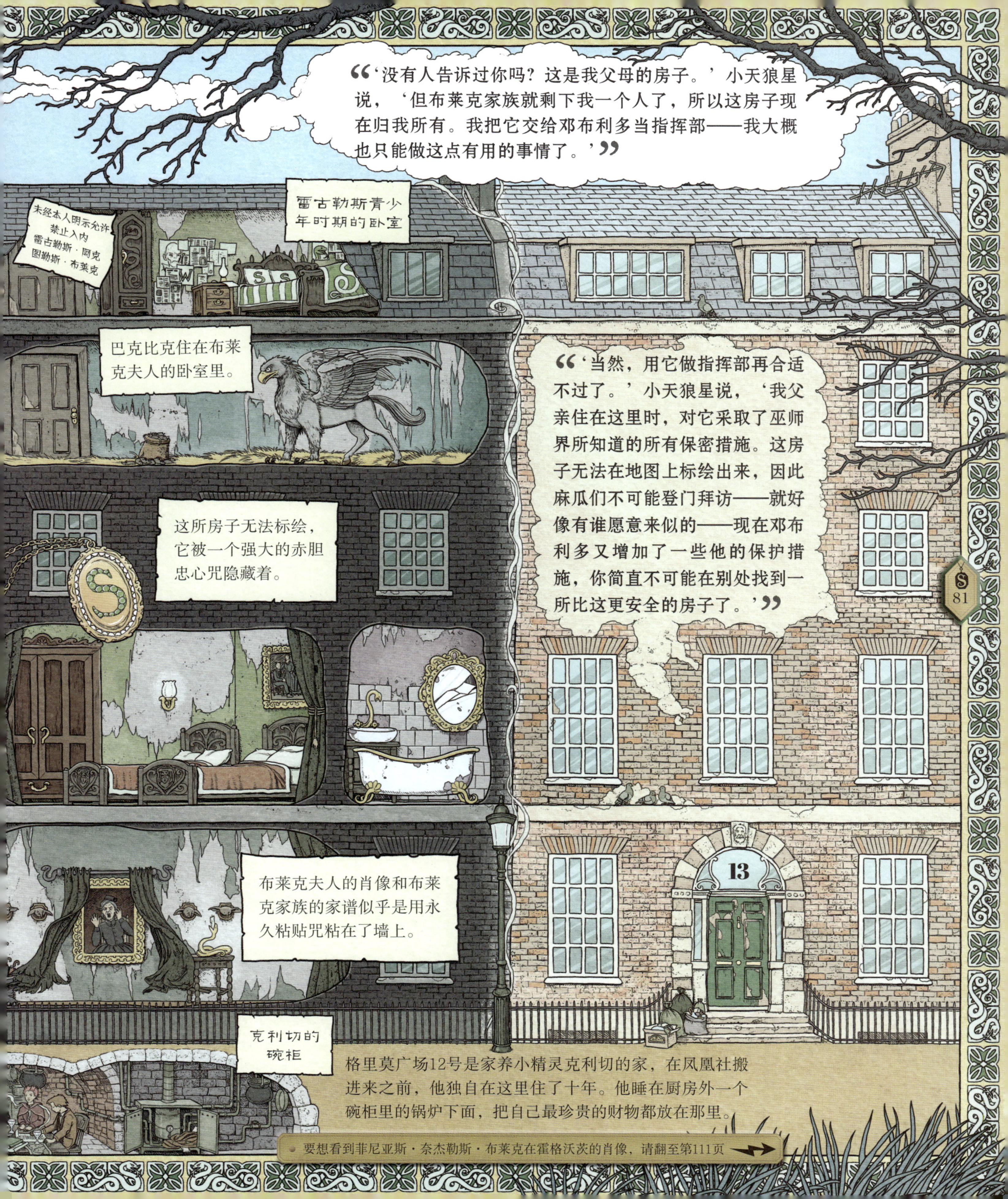
“‘没有人告诉过你吗？这是我父母的房子。’小天狼星说，‘但布莱克家族就剩下我一个人了，所以这房子现在归我所有。我把它交给邓布利多当指挥部——我大概也只能做这点有用的事情了。’”
未经本人明示允许
禁止入内
雷古勒斯·阿克
图勒斯·布莱克
雷古勒斯青少年时期的卧室
巴克比克住在布莱克夫人的卧室里。
“‘当然，用它做指挥部再合适不过了。’小天狼星说，‘我父亲住在这里时，对它采取了巫师界所知道的所有保密措施。这房子无法在地图上标绘出来，因此麻瓜们不可能登门拜访——就好像有谁愿意来似的——现在邓布利多又增加了一些他的保护措施，你简直不可能在别处找到一所比这更安全的房子了。’”
这所房子无法标绘，它被一个强大的赤胆忠心咒隐藏着。
布莱克夫人的肖像和布莱克家族的家谱似乎是用永久粘贴咒粘在了墙上。
13
克利切的碗柜
格里莫广场12号是家养小精灵克利切的家，在凤凰社搬进来之前，他独自在这里住了十年。他睡在厨房外一个碗柜里的锅炉下面，把自己最珍贵的财物都放在那里。

要想看到菲尼亚斯·奈杰勒斯·布莱克在霍格沃茨的肖像，请翻至第111页

陋居

陋居是韦斯莱一家的家，离麻瓜村庄奥特里·圣卡奇波尔村不远。

“韦斯莱家却充满了神奇和意外。厨房壁炉架上的那面镜子就把哈利吓了一跳。他第一次照镜子时，镜子突然大叫起来：‘把衬衫塞到裤腰里去，邋里邋遢！’阁楼上的食尸鬼只要觉得家里太安静了，就高声号叫，哐啷哐啷地敲管子。弗雷德和乔治卧室中小小的爆炸声被认为是完全正常的。但是在哈利看来，罗恩家的生活最不寻常的地方不是会说话的镜子，也不是敲敲打打的食尸鬼，而是这里所有的人好像都很喜欢他。”

“可是哈利愉快地笑了，说：‘这是我见过的最好的房间。’罗恩的耳朵红了。”

哈利认为陋居是他“在世界上第二喜欢的地方”。

陋居

厨房

“这里有罗恩……还有韦斯莱夫人，她做的饭菜，比他认识的任何人做的都好吃……”

阁楼里的食尸鬼
罗恩的卧室
弗雷德和乔治的卧室
韦斯莱家的钟
生命危险
家
学校
上班
路上
失踪
医院
监狱
WWW
HOW 777

韦斯莱家在附近有一块树木环绕的场地，他们可以在那里打魁地奇球，不被当地的麻瓜看见。

韦斯莱家的车库同时也是一个作坊，韦斯莱先生可以在那里摆弄他收集的麻瓜小玩意。

花园里的地精需要定期清理。

霍格莫德村是一个巫师村庄，也是英国唯一一个完全没有麻瓜的巫师聚居地。

它是大约一千年前由伍德克罗夫特的汉吉斯创建的，与霍格沃茨差不多属于同一时期。

霍格莫德村是1612年妖精叛乱的总部。

霍格沃茨三年级及以上的学生可以在某些周末到这个村庄游玩，但需要家长或监护人签署的同意书。

霍格莫德村

“霍格莫德看上去像一张圣诞卡……店铺上覆了一层新落的白雪，房门上都挂着冬青花环，树上点缀着一串串施了魔法的蜡烛。”

蜂蜜公爵
糖果店
佐科 笑话店

霍格莫德村是尖叫棚屋的所在地，那座棚屋据说是英国闹鬼最厉害的建筑。

活点地图显示了从打人柳到尖叫棚屋，以及从独眼女巫雕像到蜂蜜公爵糖果店地窖的秘密通道。

霍格莫德车站离村子有一段距离。

你能在第118页上找到去霍格莫德村的全部七条通道吗？

风雅牌巫师服装店

伦敦—巴黎—霍格莫德

“他们走进风雅牌巫师服装店，给多比买礼物。他们把能够找到的最鲜艳、最夸张的袜子都挑选出来，有一双上面是闪耀的金星银星，还有一双一旦太臭就会大声尖叫。”

猪头酒吧

“‘我们没有越轨。我还专门问过弗立维教授，学生可不可以进猪头酒吧，他说可以，但他一再建议我要自己带上杯子。’”

赫敏·格兰杰

邮局

“许多猫头鹰栖在那里向他轻声叫唤，起码有三百只。从大灰鸮到角鸮（仅送当地邮件）。”

想要进一步了解猫头鹰，请翻至第44页
想要了解有关通讯的更多内容，请翻至第42页

文人居
羽毛笔店

三把扫帚

帕笛芙
夫人茶馆

德维斯—班斯
魔法设备店

蜂蜜公爵糖果店

“特效”糖果

吹宝超级泡泡糖
牙线薄荷糖
胡椒小顽童
冰老鼠
薄荷蟾蜍糖
糖棒羽毛笔
爆炸夹心软糖

佐科笑话店

“离开佐科时，他们的钱包比来时轻了许多，但口袋里都塞满了粪弹、打嗝糖、蛙卵肥皂，每人还有一只咬鼻子茶杯。”

尖叫棚屋

“‘连霍格沃茨的幽灵都躲着它。’罗恩说，他们俩靠在篱笆上，抬头望着棚屋，‘我问了差点没头的尼克……他听说有一帮非常粗野的家伙住在这儿。谁也进不去。弗雷德和乔治显然试过，但现在所有的入口都被封了……’”

翻至第53页，了解更多魔法美食

$9\frac{3}{4}$站台

要在学年开始时前往霍格沃茨魔法学校，学生们必须乘坐大名鼎鼎的霍格沃茨特快列车。它于九月一日上午十一点整从伦敦国王十字车站$9\frac{3}{4}$站台出发。

★★国王十字车站★★
霍格沃茨
特快列车
9¾站台
九月一日
9¾

穿过第9站台和第10站台之间貌似坚固的隔离墙，就可以找到$9\frac{3}{4}$站台。

最难的是这么做的时候不能引起麻瓜的注意。

“一辆深红色蒸汽机车停靠在挤满旅客的站台旁。列车上挂的标牌写着：霍格沃茨特快列车，十一点。哈利回头一看，原来是隔墙的地方现在竟成了一条锻铁拱道，上边写着：$9\frac{3}{4}$站台。他成功了。”

霍格沃茨特快列车究竟从何而来不得而知，不过魔法部的记录详细记载了与此有关的一百六十七个记忆咒，以及英国有史以来最大规模的隐藏咒。在这些被指控的罪行发生后的第二天早晨，一辆深红色的蒸汽火车突然到来，令霍格莫德村的村民们大为震惊，而克鲁镇的麻瓜铁路工人都有一种很不舒服的感觉，似乎把一件非常重要的事情给遗忘了。

一点钟时，火车上会出现一辆手推车在车厢间穿行。售卖的零食包括比比多味豆、吹宝超级泡泡糖、巧克力蛙、南瓜馅饼、坩埚蛋糕和甘草魔杖。

“这时，在车窗外飞驰而过的田野显得更加荒芜，整齐的农田已经消逝了。随之而来的是一片树林、弯弯曲曲的河流和暗绿色的山丘。”

学校的级长们有自己专门的车厢，并不时地在走廊里巡逻。

火车到达霍格莫德车站之前，学生们必须换上校服。

DAILY PROPHET

搭乘骑士公共汽车
骑飞天扫帚
和凤凰福克斯一起
DRACO DORMIENS NUNQUAM TITILLANDUS
欢迎来到
霍格沃茨
魔法学校
HOGWARTS SCHOOL
OF
WITCHCRAFT AND WIZARDRY
通过门钥匙
乘坐布斯巴顿的
乘坐德姆斯特朗的船
坐小船穿过湖面
飞行马车

霍格莫德
尖叫棚屋

学校大门
魁地奇
球场
扫帚棚
训练球场
大湖

“‘欢迎！’邓布利多说，烛光照在他的胡子上闪闪发亮，‘欢迎又回到霍格沃茨上学！’”

“一队小船即刻划过波平如镜的湖面向前驶去。大家都沉默无语，凝视着高入云天的巨大城堡。当他们临近城堡所在的悬崖时，那城堡仿佛耸立在他们头顶上空。”

4

霍格沃茨的邀请函

每年九月一日，学生们都要返回霍格沃茨。翻开这一章，在这座城堡里尽情地游览，探索它的每一个角落和缝隙。了解分院仪式、学生宿舍和公共休息室，以及那些教授和他们所教的科目。在大礼堂里寻找幽灵，研究霍格沃茨图书馆里的图书，参观有求必应屋。说不定还能发现活点地图的秘密呢。恶作剧完毕！

⓫ 弗立维的办公室　⓬ 格兰芬多塔楼　⓭ 格兰芬多公共休息室　⓮ 胖夫人（画作）　⓯ 瘦子拉克伦（雕像）　⓰ 北塔楼 特里劳尼住在这里

⓳ 傻巴拿巴（挂毯）　⓴ 有求必应屋 三次走过这段墙，想着你需要什么　㉑ 天文塔 最高的塔楼

八楼
七楼
六楼
五楼

自由游览霍格沃茨

“霍格沃茨的楼梯总共有一百四十二处之多。它们有的又宽又大；有的又窄又小，而且摇摇晃晃；有的每逢星期五就通到不同的地方；有些上到半截，一个台阶会突然消失，你得记住在什么地方应当跳过去。另外，这里还有许多门，如果你不客客气气地请它们打开，或者确切地捅对地方，它们是不会为你开门的；还有些门根本不是真正的门，只是一堵堵貌似是门的坚固的墙壁。”

❶ 西塔楼　❷ 猫头鹰棚屋　❸ 拉文克劳塔楼　❹ 拉文克劳公共休息室　❺ 罗伊纳·拉文克劳（雕像）　❻ 邓布利多的办公室

⓱ 级长的盥洗室 1994 年冬天的口令是“新鲜凤梨”　⓲ 糊涂蛋波里斯（雕像） 级长盥洗室在其左边的第四个门

⓭ 占卜课教室　⓮ 阴险僧侣（画作）　⓯ 模样凶狠的大狼狗（画作）　⓰ 卡多根爵士（画作）

㉒ 便携式沼泽 城堡东侧六楼　㉓ 马屁精格雷戈里（雕像） 雕像后面有条通往校外的秘密通道

海格的小屋
天文塔
打人柳
温室
霍格沃茨
城堡
学校围墙
霍格莫德车站
霍格沃茨特快列车

禁林

“狭窄的小路尽头突然展开了一片黑色的湖泊。湖对岸高高的山坡上耸立着一座巍峨的城堡，城堡上塔尖林立，一扇扇窗口在星空下闪烁。”

往返
这所英国
著名
魔法学校的
方式
DRACO DORMIENS NUNQUAM TITILLANDUS
骑鹰头马身有翼兽巴克比克
借一辆会飞的汽车
通过飞路网
骑夜骐
穿过消失柜
乘坐霍格沃茨马车
穿过地道
乘坐霍格沃茨特快列车

24 **通往霍格莫德的秘密通道** 镜子后面，已经塌陷　25 **哭泣的桃金娘的盥洗室**　26 **维奥莱特（画作）** 胖夫人的朋友
33 **戴假发的女巫（画作）**　34 **四楼靠右边的走廊** 凡不愿遭遇意外、痛苦惨死的人，请不要进入

27 **赫奇帕奇公共休息室**　28 **礼堂** 天花板施过魔法，看起来跟外边的天空一样　29 **厨房**　30 **大水果碗（画作）** 轻挠那只碧绿的大梨子，它会变成厨房门把手
35 **密室** 只在有人说蛇佬腔时才会打开　36 **萨拉查·斯莱特林（雕像）**　37 **斯莱特林公共休息室** 窗外能看到大湖　38 **魔药课教室**

地下室
一楼
二楼
三楼
四楼
地下教室
“想要记住哪些东西在什么地方很不容易，因为一切似乎都在不停地移动。肖像上的人也不断地互访，而且哈利可以肯定，连甲胄都会行走。”
通往校医院
到北塔楼要走十分钟
到格兰芬多塔楼的近路
罗恩声称，从入口大厅
会消失的台阶
旋转楼梯
在迷宫般的通道里走一刻钟

39 **斯内普的办公室**　40 **门厅**　41 **阿盖尔郡地图**　42 **奖品陈列室**　43 **魔咒课教室**　44 **图书馆**
31 **十一号教室** 费伦泽的占卜课教室　32 **独眼女巫（雕像）** 敲敲雕像并说“左右分离”来打开通往霍格莫德的通道

分院帽

“麦格教授在一年级新生面前轻轻放了一个四脚凳，又在上面放了一顶尖顶巫师帽。帽子打着补丁，磨得很旧，而且脏极了。”

“‘欢迎你们来到霍格沃茨。’麦格教授说，‘开学宴就要开始了，不过在你们到礼堂入座之前，首先要确定一下你们各自进入哪一所学院。’”

- 分院帽把所有霍格沃茨一年级新生分到他们各自的学院
- 分院帽可以用一种名为摄神取念的魔法窥探戴帽者的想法
- 分院帽可以探查戴帽者的能力，甚至可以与他们交谈，考虑他们自己对学院的选择
- 分院帽有时会立即决定某个新生的学院归属，有时则会花上好几分钟
- 分院超过五分钟的学生被称为“分院难题生”

分院帽的历史

- 据说它曾经属于戈德里克·格兰芬多，被施了魔法，凝聚着霍格沃茨全部四位创始人的智慧
- 从学校创办开始，霍格沃茨的每一位学生都曾戴上分院帽，被分入各自的学院
- 分院帽放在校长办公室的一个架子上，在每年一次的分院仪式时被拿下来放在凳子上
- 分院帽每年都会唱一首不同的歌，如果它感觉到霍格沃茨面临巨大危险，可能会向学校发出警示
- 根据传说，在迫切需要的时候，真正的格兰芬多可以从分院帽里拔出格兰芬多宝剑

“裂开了一道宽宽的缝，像一张嘴——帽子开始唱了起来：

‘你们也许觉得我不算漂亮，
但千万不要以貌取人，
如果你们能找到比我更聪明的帽子，
我可以把自己吃掉。
你们可以让你们的圆顶礼帽乌黑油亮，
让你们的高顶丝帽光滑挺括，
我可是霍格沃茨的分院帽，
自然比你们的帽子高超出众。’”

“‘那是一千多年前的事情，
我刚刚被编织成形，
有四个大名鼎鼎的巫师，
他们的名字流传至今：
勇敢的格兰芬多，来自荒芜的沼泽，
美丽的拉文克劳，来自宁静的河畔，
仁慈的赫奇帕奇，来自开阔的谷地，
精明的斯莱特林，来自那一片泥潭。
他们共有一个梦想、一个心愿，
同时有了一个大胆的打算，
要把年轻的巫师培育成材，
霍格沃茨学校就这样创办。
这四位伟大的巫师
每人都把自己的学院建立，
他们在所教的学生身上
看重的才华想法不一。
格兰芬多认为，最勇敢的人
应该受到最高的奖励；
拉文克劳觉得，头脑最聪明者
总是最有出息；
赫奇帕奇感到，最勤奋努力的
才最有资格入院学习；
而渴望权力的斯莱特林
最喜欢那些有野心的学子。
四大巫师在活着的年月
亲自把得意门生挑选出来，
可是当他们长眠于九泉，
怎样挑出学生中的人才？
是格兰芬多想出了办法，
把我从他头上摘下，
四巨头都给我注入了思想，
从此就由我来挑选、评价！
好了，把我好好地扣在头上，
我从来没有看走过眼，
我要看一看你的头脑，
判断你属于哪个学院！’”

格兰芬多
勇气
胆量
果敢
创始人
戈德里克·格兰芬多
来自荒芜的沼泽
遗物 格兰芬多宝剑
颜色 红色和金色
幽灵 差点没头的尼克
元素 火
动物 狮子
斯莱特林
荣耀
野心
智谋
创始人
萨拉查·斯莱特林
来自那一片泥潭
遗物 萨拉查·斯莱特林的挂坠盒
颜色 绿色和银色
幽灵 血人巴罗
元素 水
动物 蛇
H
拉文克劳
动物 鹰
元素 空气
幽灵 格雷女士
颜色 蓝色和青铜色
遗物 拉文克劳的冠冕
创始人
罗伊纳·拉文克劳
来自宁静的河畔
聪慧
好学
睿智
赫奇帕奇
动物 獾
元素 土
幽灵 胖修士
颜色 黄色和黑色
遗物 赫尔加·赫奇帕奇的金杯
创始人
赫尔加·赫奇帕奇
来自开阔的谷地
奉献
耐心
忠诚

拉文德·布朗
西莫·斐尼甘
赫敏·格兰杰
纳威·隆巴顿
帕瓦蒂·佩蒂尔
哈利·波特
迪安·托马斯
罗恩·韦斯莱

米里森·伯斯德
文森特·克拉布
格雷戈里·高尔
达芙妮·格林格拉斯
德拉科·马尔福
西奥多·诺特
潘西·帕金森
布雷司·沙比尼

汉娜·艾博
苏珊·博恩斯
贾斯廷·芬列里
厄尼·麦克米兰

泰瑞·布特
曼蒂·布洛贺
迈克尔·科纳
安东尼·戈德斯坦
帕德玛·佩蒂尔
莉莎·杜平

哈利的分院仪式

霍格沃茨第一学期开始时，哈利和同学们被叫到名字，然后一个接一个地被分到了各自的学院。

“‘分院是一项很重要的仪式，因为你们在校期间，学院就像你们在霍格沃茨的家。你们要与学院里的其他同学一起上课，一起在学院的宿舍住宿，一起在学院的公共休息室里度过课余时间。’”

麦格教授

格兰芬多？

“‘你也许属于格兰芬多，
那里有埋藏在心底的勇敢，
他们的胆识、气魄和侠义，
使格兰芬多出类拔萃。’”

赫奇帕奇？

“‘你也许属于赫奇帕奇，
那里的人正直忠诚，
赫奇帕奇的学子们坚忍诚实，
不畏惧艰辛的劳动。’”

斯莱特林？

“‘也许你会进斯莱特林，
在这里交上真正的朋友，
那些狡黠的人会不惜一切手段，
去达到他们的目的。’”

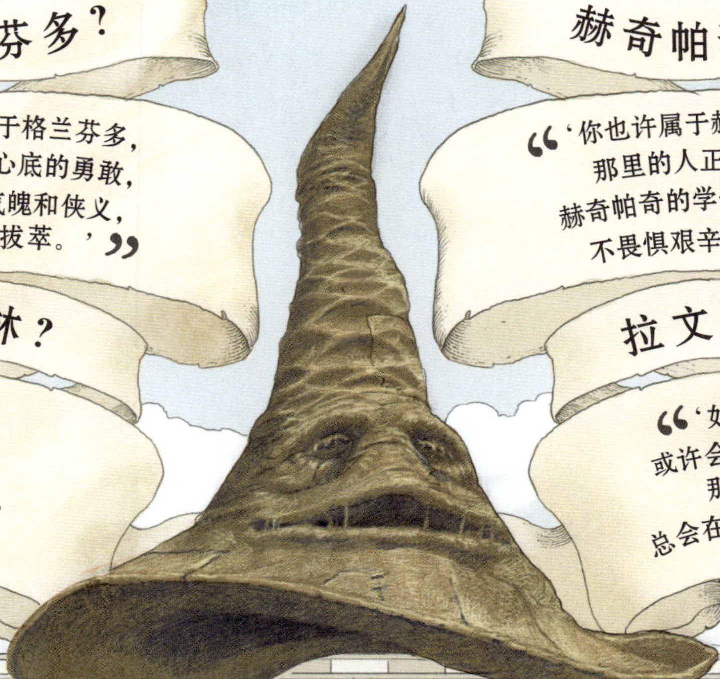

拉文克劳？

“‘如果你头脑精明，
或许会进智慧的老拉文克劳，
那些睿智博学的人，
总会在那里遇见他们的同道。’”

学院知名校友

阿不思·邓布利多 ● 小天狼星布莱克

学院级长

赫敏·格兰杰 ● 罗恩·韦斯莱

学院院长

麦格教授

入口

墙上的一个圆洞，
被胖夫人的肖像覆盖。

如何进入

对胖夫人说出口令。

公共休息室

位于三座最高的塔楼之一，
入口在八楼。可以穿过三楼
的一条挂毯抄近路。

胖夫人的口令有一些是拉丁文。“龙首”（*Caput Dragonis*）意为“龙头”，“吉星高照”（*Fortuna Major*）意为“巨大的财富”，“如何？”（*Quid agis?*）意为“你好吗？”或“怎么样？”。

公共休息室里摆满了软塌塌的椅子和摇摇晃晃的桌子，布告栏被用来售卖二手咒语书、交换巧克力蛙画片，以及给弗雷德和乔治的速效逃课糖寻找测试者。

格兰芬多

“格兰芬多说：‘我们所教的学生，必须英勇无畏，奋不顾身。’”

"哦，对了——纯血统！"马尔福并没有听他的，兀自说道。

隐藏在石墙里的一道石门徐徐敞开。

学院知名校友

汤姆·里德尔 · 霍拉斯·斯拉格霍恩

学院院长

斯内普教授

学院级长

德拉科·马尔福 · 潘西·帕金森

入口

一道隐藏在光秃秃、湿漉漉的石墙里的门。

如何进入

对着墙说出口令。

斯莱特林的口令每两个星期更换一次。1992年圣诞节那天，哈利和罗恩溜进公共休息室时，口令是"纯血统"。

公共休息室

在地牢里。从门厅顺着石阶走下去，穿过地底深处迷宫般的通道方可到达。

斯莱特林的公共休息室在城堡的地底深处，窗外能看到湖。学生们经常看见巨乌贼在窗外游过。

斯莱特林

"斯莱特林说：'我们所教的学生，他们的血统必须最最纯正。'"

学院知名校友

纽特·斯卡曼德 · 塞德里克·迪戈里

学院院长

斯普劳特教授

学院级长

汉娜·艾博 · 厄尼·麦克米兰

入口

藏在一堆木桶里，在第二排中间、从底部数第二个的桶盖后面。

如何进入

按着“赫尔加·赫奇帕奇”的节拍敲木桶。

如果一个学生进入公共休息室时敲错节拍或敲错木桶，就会被醋淋得浑身湿透。

公共休息室

在地下室。从门厅走下楼梯后，沿着一条灯火通明的走廊经过厨房，走廊上装饰着食物的绘画。

斯普劳特教授是草药课教授和赫奇帕奇学院院长，她用各种各样的植物装饰公共休息室。其中一些植物还会说话和跳舞！

赫奇帕奇

“赫奇帕奇说：‘我要教许多人，并且对待他们一视同仁。’”

凤凰和火，先有哪一个？ ● 一个循环，没有起点

消失的东西去了哪儿？ ● 化为虚无，也就是说，化为万物

学院知名校友

加里克·奥利凡德 ● 吉德罗·洛哈特

学院院长

弗立维教授

学院级长

安东尼·戈德斯坦 ● 帕德玛·佩蒂尔

入口

一扇古老的木门，
上面有鹰形的青铜门环。

如何进入

敲门，然后回答鹰提出的问题。

为了帮助拉文克劳学生们学习，门环会向他们提问而不是直接使用口令。格兰芬多学院的院长麦格教授也曾通过回答问题得以进入。

公共休息室

在城堡西侧的一座高塔上。
一段狭窄的螺旋楼梯会把你
带到入口处。

拉文克劳的学生们认为他们看到的校园景观最美。透过拱形的窗户能看到湖和禁林，以及远处的山脉。

拉文克劳

“拉文克劳说：‘我们所教的学生，
他们的智力必须高人一等。’”

万圣节前夕的霍格沃茨

“万圣节前夕，哈利真后悔自己不该那么草率地答应去参加忌辰晚会。学校里的其他同学都在高兴地期待万圣节的宴会；礼堂里已经像平常那样，用活蝙蝠装饰起来了。海格种的巨大南瓜被雕刻成了一盏盏灯笼，大得可以容三个人坐在里面。人们还传言说，邓布利多预订了一支骷髅舞蹈团，给大家助兴。”

DRACO DORMIENS NUNQUAM TITILLANDUS
主宾席

“一千只蝙蝠在墙壁和天花板上扑棱棱地飞翔，另外还有一千只蝙蝠像一团团低矮的乌云，在餐桌上方盘旋飞舞，使南瓜肚里的蜡烛火苗一阵阵扑闪。”

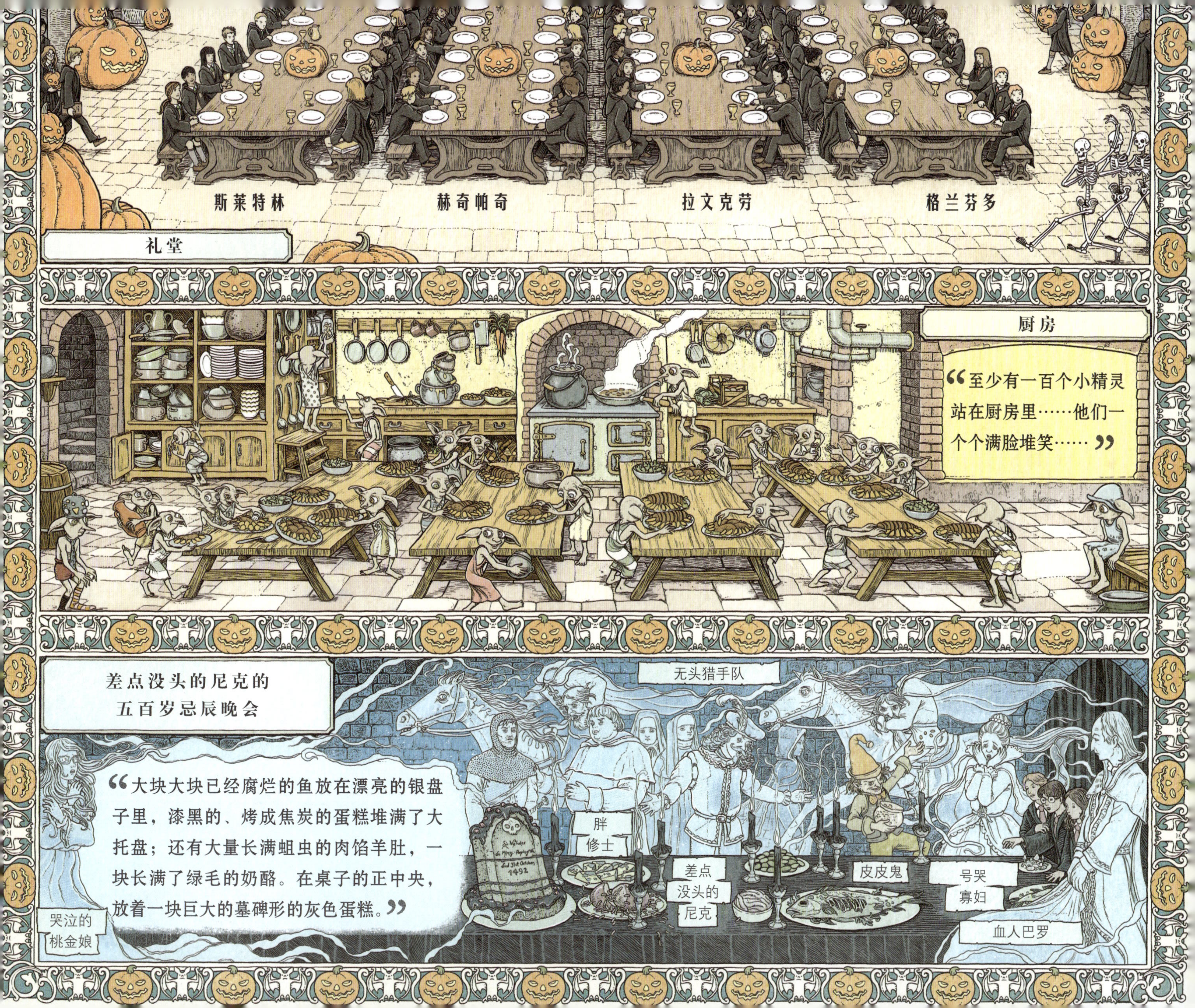
斯莱特林
赫奇帕奇
拉文克劳
格兰芬多
礼堂
厨房
“至少有一百个小精灵站在厨房里……他们一个个满脸堆笑……”
差点没头的尼克的五百岁忌辰晚会
无头猎手队
“大块大块已经腐烂的鱼放在漂亮的银盘子里，漆黑的、烤成焦炭的蛋糕堆满了大托盘；还有大量长满蛆虫的肉馅羊肚，一块长满了绿毛的奶酪。在桌子的正中央，放着一块巨大的墓碑形的灰色蛋糕。”
胖修士
差点没头的尼克
皮皮鬼
号哭寡妇
血人巴罗
哭泣的桃金娘

K
胖修士
K

赫奇帕奇学院的幽灵是胖修士。

他是一名性情快活的修道士，因被怀疑用棍子戳戳水痘病人就能使其治愈而被处死。

K
血人巴罗
K

一个憔悴而沉默的幽灵，身上有银色的斑斑血迹。

他是霍格沃茨唯一能真正掌控皮皮鬼的幽灵。

他戴着镣铐，作为对生前所犯罪行的忏悔。

霍格沃茨的幽灵

“他吓得透不过气来，周围的人也是一样。从他们背后的墙上突然蹿出二十来个幽灵。这些珍珠白、半透明的幽灵，一边滑过整个房间，一边交头接耳，但很少留意这些一年级新生。他们好像在争论什么。”

K
差点没头的尼克

尼克的全名是尼古拉斯·德·敏西-波平顿爵士。

差点没头的尼克是格兰芬多学院的幽灵。他生前是亨利七世的王室成员，却因为在给格丽夫女士矫正牙齿时使她意外长出獠牙而被判处死刑。

“‘只有一点点儿皮和筋连着我的脖子啊，哈利！大多数人都会认为，这实际上和掉脑袋没啥两样。可是不行，在彻底掉脑袋的波德摩爵士看来，这还不够。’”

1492年10月31日，尼克死于一次拖泥带水的斩首，被一把钝斧头接连砍了四十五下。

无头猎手队是一群幽灵猎手，他们的头和身体都分了家。

无头猎手队

他们喜欢玩精彩的马背头杂耍和头顶马球，首领是帕特里克·德莱尼-波德摩爵士。

最为深居简出的幽灵是拉文克劳学院的格雷女士。

格雷女士

有人向她求爱遭拒，盛怒之下将她刺死。

宾斯教授是霍格沃茨唯一一位幽灵老师，他教的是魔法史。

宾斯教授

众所周知，在他的课堂上，唯一令人兴奋的是他习惯于穿过黑板进出。

“‘——后来，当然啦，她找到魔法部，阻止我再跟踪她，我就只好回到这儿，住在我的盥洗室里。’”

桃金娘·伊丽莎白·沃伦死前是霍格沃茨的一名学生。

皮皮鬼不像幽灵，他不是透明的，不过他可以让自己隐形。

“许多人都说他并没有注意到自己已经死了。他生前的最后一天站起来去上课，不小心把身体留在了教工休息室壁炉前的一把扶手椅上。从那以后，他每天的一切活动照旧，没有丝毫变化。”

哭泣的桃金娘

她死后又回来纠缠她的同学奥利夫·洪贝。

恶作剧精灵皮皮鬼

把皮皮鬼赶出霍格沃茨的一次最失败的尝试发生于1876年，做这件事的是学校管理员兰科罗斯·卡尔佩。当时他精心设计了一个陷阱，并设置了各种各样的武器作为诱饵。结果皮皮鬼不仅轻松逃脱了陷阱，还得到了弯刀、弩、大口径短枪和一门微型大炮。皮皮鬼冲着窗外大肆开火取乐，用死亡威胁大家，城堡里的人都被疏散了。经过三天的对峙，最后皮皮鬼获得了额外的特权，比如可以每星期在一楼男生盥洗室里游一次泳，可以优先从厨房里得到不新鲜的面包到处乱扔，还可以得到一顶新帽子——由巴黎的邦哈比尔女士专门定制。

桃金娘经常在霍格沃茨的一间女生盥洗室里出没，那个地方隐藏着秘密。

皮皮鬼还能移动实物，喜欢制造破坏和麻烦，可以在半空中对人构成威胁。

恶作剧精灵是一种会隐形、会撬门、会制造事端的存在。

无头猎手队

滋滋蜜蜂糖
酸味爆爆糖
太妃手指饼
蟑螂串
柠檬雪宝糖
阿不思·邓布利多
凤凰的生命周期
熄灯器

“他们旋转着越升越高，越升越高，最后，感到有些头晕的哈利看见前面有一扇闪闪发亮的橡木门，上面有一个狮身鹰首兽形状的黄铜门环。哈利知道他被带到了哪里。这一定是邓布利多的住所。”

“只见石兽突然活了起来，跳到一旁，它身后的墙壁裂成了两半……墙后面是一道旋转楼梯，正在缓缓地向上移动，就像自动扶梯一样。”

“‘福克斯是一只凤凰，哈利。凤凰到了将死的时候，就会自焚，然后从灰烬里再生。你看着它……’”

邓布利多教授

邓布利多的办公室

“这是一个宽敞、美丽的圆形房间，充满了各种滑稽的小声音。细长腿的桌子上，放着许多稀奇古怪的银器，它们旋转着，喷出一小股一小股的烟雾。”

格兰芬多宝剑
戴丽丝·德文特教授
埃弗拉教授
菲尼亚斯·奈杰勒斯·布莱克教授
德克斯特·福斯科教授
阿芒多·迪佩特教授
分院帽
梅林爵士团勋章
“‘埃弗拉和戴丽丝是霍格沃茨鼎鼎有名的两位校长，’邓布利多说……‘其他重要的巫师机构也挂有他们的肖像。他们能在自己的肖像之间随意来去，所以能告诉我们别处发生的事情……’”
“柜子里有一个浅浅的石盆，盆口有奇形怪状的雕刻：有如尼文，还有哈利认不出来的符号。银光就是由盆里的东西发出来的，哈利从没见过这样的物质。”
冥想盆
翻至第42页，寻找一幅同样的肖像

学年

秋季学期

霍格沃茨新学年从9月1日开始；霍格沃茨特快列车上午十一点从国王十字车站出发；学生们到校参加开学宴会和分院仪式

学院魁地奇球队选拔赛

三年级及以上的学生，经家长或监护人同意，周末可以到霍格莫德村游玩

10月31日 万圣节前夕盛宴

魁地奇赛季开始

教授和级长们监督圣诞节的布置

圣诞节前两星期

麦格教授记下所有想在霍格沃茨过圣诞节的学生的名字

圣诞假期

“礼堂看上去美丽壮观。墙上挂满了冬青和槲寄生组成的垂花彩带，四下里竖着整整十二棵高耸的圣诞树，有些树上挂着亮晶晶的小冰柱，有些树上闪烁着几百支蜡烛。”

DRACO DORMIENS NUNQUAM TITILLANDUS

校　歌

“‘每人选择自己喜欢的曲调。’
邓布利多说，
‘预备，唱！’”

“‘霍格沃茨，霍格沃茨，
霍格沃茨，霍格沃茨，
请教给我们知识，
不论我们是谢顶的老人
还是跌伤膝盖的孩子，
我们的头脑可以接纳
一些有趣的事物。
因为现在我们大脑空空，充满空气、
死苍蝇和鸡毛蒜皮，
教给我们一些有价值的知识，
把被我们遗忘的，还给我们，
你们只要尽全力，其他的交给我们自己，
我们将努力学习，直到化为尘土。’”

春季学期

三年级及以上的学生
如果有家长或监护人
签字的许可表，可以继续去
霍格莫德村游玩

2月14日 情人节

“‘我的友好的、带着贺卡的小爱神！’洛哈特喜气洋洋地说，‘他们今天要在学校里到处游荡，给你们递送情人节贺卡！乐趣还不止这些呢！我相信我的同事们都愿意踊跃地参加进来！为什么不请斯内普教授教你们怎么调制迷情剂呢？如果你们感兴趣的话，弗立维教授比我所见过的任何巫师都更精通迷幻魔法，这条狡猾的老狗！’”

十七岁及以上
学生的幻影显形课

复活节假期
二年级学生选择第三年的科目；
五年级学生在选择N.E.W.T.
（终极巫师等级考试）科目之前
开始接受就业指导

夏季学期

“格兰芬多对斯莱特林的比赛将于复活节后的第一个星期六举行。斯莱特林队在联赛中整整领先两百分，也就是说哈利他们需要赢两百分以上才能夺杯（伍德经常对队员们提起这一点）。”

三年级及以上的学生，
经家长或监护人同意，
周末可以到霍格莫德村游玩

魁地奇决赛
颁发院际魁地奇杯

期末考试
五年级的O.W.L.（普通巫师
等级考试），七年级的
N.E.W.T.（终极巫师等级考试）

期末宴会
颁发学院杯

学年结束
霍格沃茨特快列车
从霍格莫德车站驶出

暑假
（O.W.L.和N.E.W.T.成绩
将于七月由猫头鹰送出）

给哈利……
来自海格
来自
弗农姨父和佩妮姨妈
我们收到了你的信，附上给你的圣诞礼物。
来自
韦斯莱夫人
给
哈利
巧克力蛙
来自
赫敏
来自
邓布利多
祝哈利
圣诞
嗨皮
来自
克利切
砰！
不会爆炸的闪光气球
来自
弗雷德
和乔治
来自
韦斯莱夫人
胖夫人
卡多根爵士
肖像
圣诞宴会
模仿
肉瘤
来自
多比
圣诞舞会
圣诞节
的礼堂
来自
韦斯莱夫人
多味豆
XXL
比比
多味豆
来自
罗恩
来自唐克斯
来自
海格
实用
防御魔法
及其对抗
黑魔法
的应用
来自小天
狼星和卢平
今日事，今日毕！
来自
赫敏

来自
德思礼一家
TREACLE FUDGE
来自海格
与火炮队
一起飞翔
CC
来自
罗恩
来自
赫敏
来自
韦斯莱夫人
来自
弗雷德和乔治
活点地图
来自
韦斯莱夫人
打雪仗
多比
弗立维教授
砰！
来自
小天狼星
来自
多比
圣诞装饰
克鲁克山
来自
韦斯莱
夫人
比比
多味豆
来自
海格
来自
小天狼星
粪弹
来自
罗恩
不列颠和
爱尔兰的
魁地奇
球队
来自
赫敏
来自
德思礼
一家

学院杯

“‘在霍格沃茨就读期间，你们的出色表现会使你们所在的学院赢得加分，而任何违规行为则会使你们所在的学院减分。年终时，获最高分的学院可获得学院杯，这是很高的荣誉。我希望你们不论分到哪所学院都能为学院争光。’”

麦格教授

学院杯将在期末宴会上颁发，届时大礼堂将用获胜学院的旗帜和横幅做装饰。

哈利一年级时的学院得分

得分时，宝石飞到沙漏底部；
扣分时，宝石飞回到上面。

关键得分或扣分…… 斯内普 麦格 邓布利多

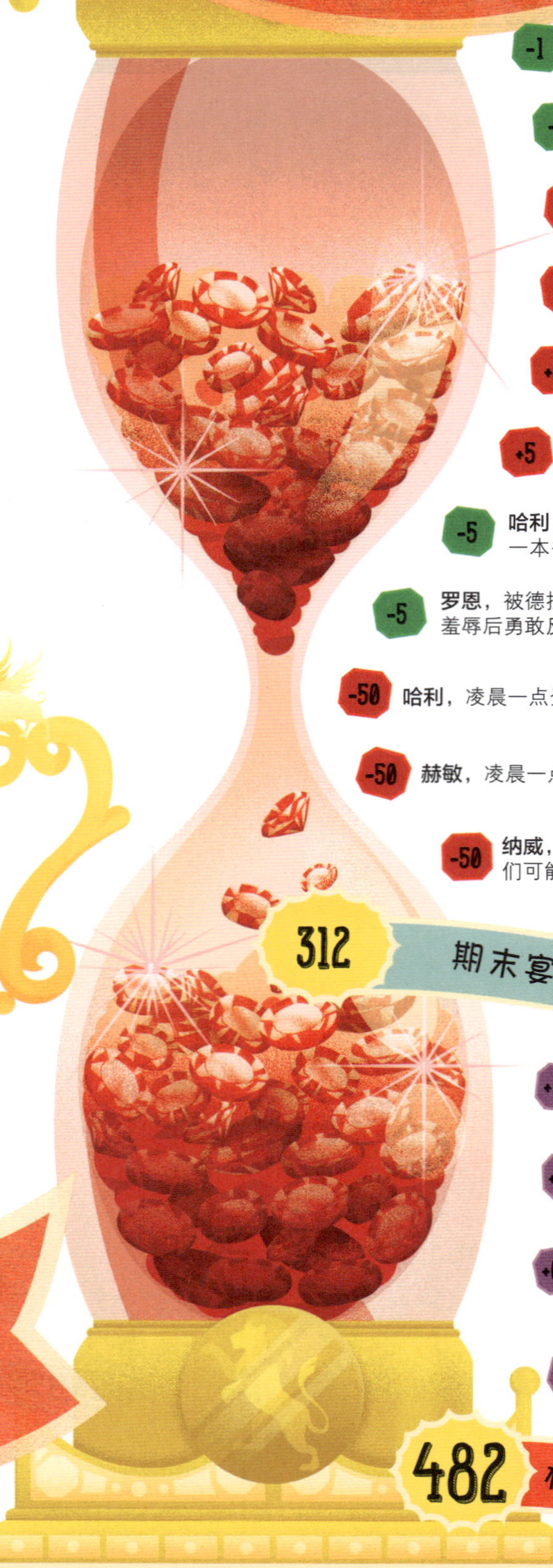

-1 **哈利**，在第一堂魔药课上跟老师顶嘴

-1 **哈利**，在第一堂魔药课上因为纳威的错误而挨批评

+? **赫敏**，熟知转换咒

-5 **赫敏**，声称自己要去寻找山地巨怪

+5 **哈利**，与巨怪搏斗

+5 **罗恩**，与巨怪搏斗

万圣节前夕
扣5分
赢10分
获得终身友谊

-5 **哈利**，把图书馆的一本书拿到外面

-5 **罗恩**，被德拉科·马尔福羞辱后勇敢反击

-50 **哈利**，凌晨一点登上天文塔

-50 **赫敏**，凌晨一点登上天文塔

但谁也没有发现他们竟然把一条小龙从霍格沃茨偷运了出去

德拉科，半夜三更四处游荡 -20

-50 **纳威**，离开宿舍去提醒他们可能会被抓住

312 期末宴会上的最终得分 472

+50 **罗恩**，下赢了霍格沃茨许多年来最精彩的一盘棋

+50 **赫敏**，面对烈火，冷静地进行逻辑推理

+60 **哈利**，表现出了大无畏的胆量和过人的勇气

他们去了四楼右手边的走廊但未受惩罚！

+10 **纳威**，在朋友面前坚持自己的立场，展现了极大的勇气

482 格兰芬多最终得分

学院分数记录在门厅中的巨大沙漏里。红宝石、祖母绿、钻石和蓝宝石代表着各个学院的得分。

“‘再过几个星期，他们就会把这些忘得一干二净的。弗雷德和乔治自从入学以来，就一直在丢分，人们照样很喜欢他们。’

‘但他们从来没有一下子丢掉过一百五十分，是吗？’哈利忧伤地说。

‘嗯——那倒没有。’罗恩承认。”

学院分数可以由教师、级长或乌姆里奇教授的调查行动组给予或扣除。他们还会把魁地奇比赛的结果考虑在内。

级长

☛ 级长应该执行校规*，在走廊里巡逻，必要时引导学生到宿舍。

☛ 特权包括：在霍格沃茨特快列车上有自己专门的车厢，在学校里拥有带枝形吊灯和跳水板的特殊浴室。

（几条）校规**

所有学生**禁止**进入禁林

课间**不得**在走廊上使用魔法

学生夜晚**不得**在城堡里闲逛

五年级及以上学生可以在走廊待到九点

一年级新生**不允许**自己携带飞天扫帚

三年级以下学生**不得**去霍格莫德村游玩

三年级学生只能在某些周末前往，并且**必须**提交有签名的许可表

男生不得进入女生宿舍，但女生**可以**进入男生宿舍

这条古老的校规可以追溯到霍格沃茨创办初期

霍格沃茨**禁止**使用迷情剂

哈利一年级时

任何**不想死得很惨**的人都**不得**进入四楼右手边的走廊

不上课时**禁止**进入天文塔

图书馆的书**不得**带出学校

这条校规可能是斯内普教授专门为哈利制定的

任何学生未经允许不得离校

当时哈利三年级，摄魂怪看守着霍格沃茨

从韦斯莱魔法把戏坊购买的所有东西被**全面禁止**

许多东西都被禁止带入城堡，它们全部列在费尔奇先生办公室的一张清单上或者挂在他的门上

哈利四年级的时候，清单上共有437项，包括尖叫悠悠球、狼牙飞碟和连击回飞镖

* 哪怕他们的兄弟是弗雷德和乔治·韦斯莱。

** 在特殊情况下允许例外，比如学生被关禁闭，或者成了魁地奇球队最年轻的队员。

翻至第78页，寻找被禁止的笑话商品

月亮脸先生向斯内普教授致意，并恳请他不要把大得变态的鼻子伸到别人那里多管闲事。
如果有人不知道正确"密码"却想让隐藏的信息显现，地图会辱骂他们，叫他们少管闲事。
月亮脸
莱姆斯·卢平
活点地图显示了霍格沃茨的全貌，包括其中的许多捷径和秘密通道。地图用带标记的小点显示城堡里的人，那些小点在走廊间四处移动。
霍格莫德
"真遗憾他们废除了过去那种老派的惩罚方式……吊住你们的手腕，把你们悬挂在天花板上，一吊就是好几天。我办公室里还留着那些链条呢，经常给它们上上油，说不定哪一天就派上了用场……"
费尔奇先生
洛丽丝夫人
阿格斯·费尔奇
霍格莫德
活点地图最初是由詹姆·波特、小天狼星布莱克、莱姆斯·卢平和小矮星彼得制作的。
月亮脸、虫尾巴、大脚板和尖头叉子
专为魔法恶作剧制造者提供帮助的诸位先生
隆重推出
"我庄严宣誓我不干好事。"
"左右分离"
哈利·波特
地图显示有七条通往学校外面的秘密通道。费尔奇先生知道其中四条，有一条已经完全坍塌，另外两条通向霍格莫德村的尖叫棚屋和蜂蜜公爵糖果店的地下室。
哪怕离霍格沃茨很远，也可以阅览活点地图。
虫尾巴
小矮星彼得
霍格莫德
虫尾巴先生向斯内普教授问好，并劝他洗洗头发，太邋遢了。

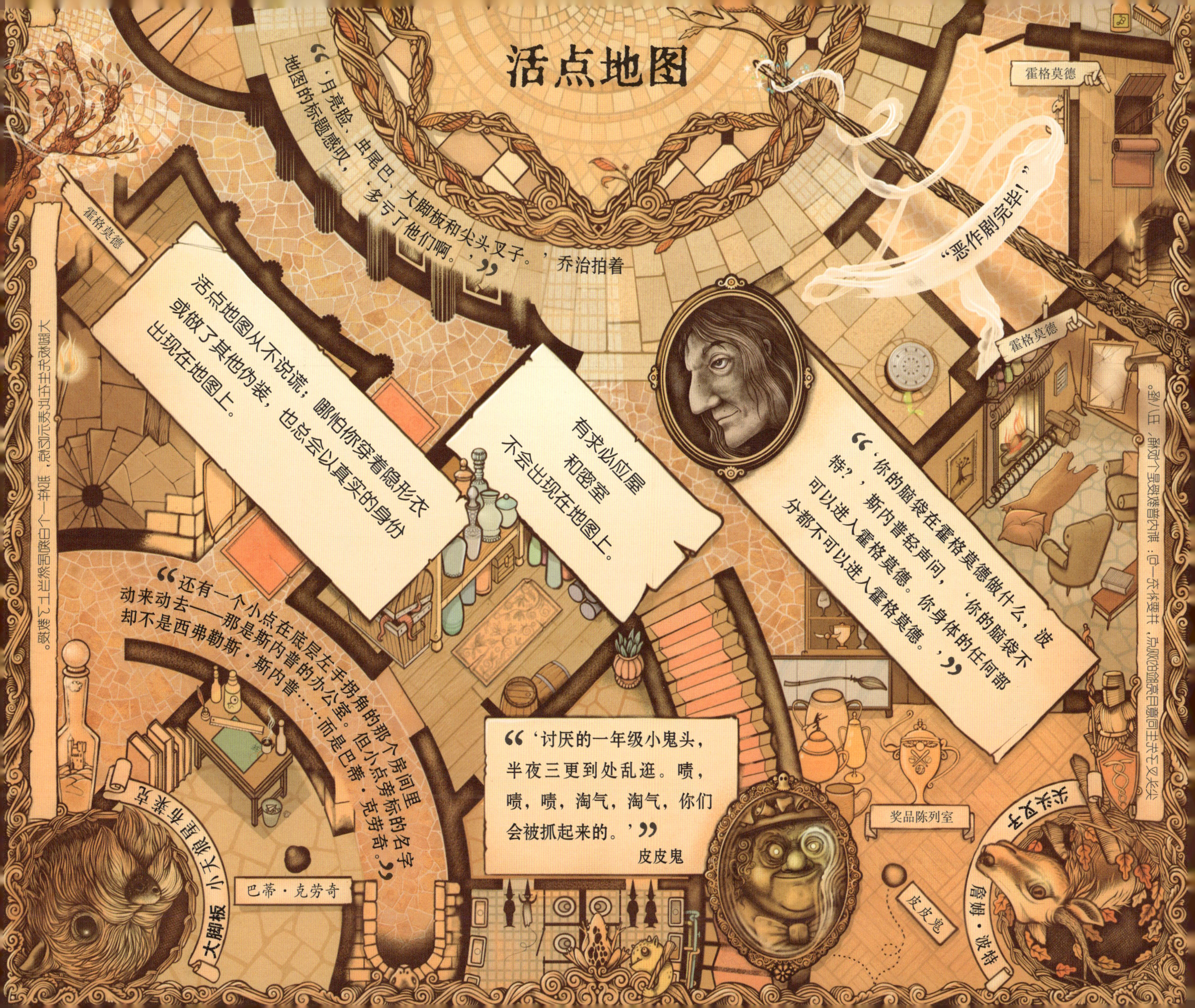
活点地图
“‘月亮脸、虫尾巴、大脚板和尖头叉子，’乔治拍着地图的标题感叹，‘多亏了他们啊。’”
“恶作剧完毕！”
活点地图从不说谎；哪怕你穿着隐形衣或做了其他伪装，也总会以真实的身份出现在地图上。
有求必应屋
和密室
不会出现在地图上。
“‘你的脑袋在霍格莫德做什么，波特？’斯内普轻声问，‘你的脑袋不可以进入霍格莫德。你身体的任何部分都不可以进入霍格莫德。’”
“还有一个小点在底层左手拐角的那个房间里动来动去——那是斯内普的办公室。但小点旁标的名字却不是西弗勒斯·斯内普……而是巴蒂·克劳奇。”
“‘讨厌的一年级小鬼头，半夜三更到处乱逛。啧，啧，啧，淘气，淘气，你们会被抓起来的。’”
皮皮鬼
霍格莫德
霍格莫德
霍格莫德
奖品陈列室
皮皮鬼
巴蒂·克劳奇
大脚板
小天狼星布莱克
尖头叉子
詹姆·波特
尖头叉子先生同意月亮脸的观点，并要补充一句：斯内普教授是个丑八怪。
大脚板先生表示惊讶，那样一个白痴居然当上了教授。

教授及科目

“‘他要进的是世界上最优秀的魔法学校。七年之后，他会面貌一新。他要和跟他一样的孩子在一起，换换环境，还要在霍格沃茨有史以来最伟大的校长阿不思·邓布利多的教导下——’”

鲁伯·海格

阿不思·邓布利多
教授
- 校长 -
（国际巫师联合会会长、梅林爵士团一级勋章获得者、大魔法师、威森加摩首席魔法师）

“哈利，表现我们真正自我的是我们的选择，选择比我们的能力重要得多。”

“我可以教会你们怎样提高声望，酿造荣耀，甚至阻止死亡——但必须有一条，那就是你们不是我经常遇到的那种笨蛋傻瓜才行。”

米勒娃·麦格
教授
副校长，
格兰芬多学院院长
- 变形术 -

“如果我没有免去你今天的家庭作业，请你原谅。我向你保证，万一你真的死了，就用不着交作业了。”

西弗勒斯·斯内普
教授
斯莱特林学院院长
- 魔药学 -

菲利乌斯·弗立维
教授
拉文克劳学院院长
- 魔咒学 -

“一挥一抖，记住，一挥一抖。”

波莫娜·斯普劳特
教授
赫奇帕奇学院院长
- 草药学 -

“当心毒触手，它正长牙呢。”

西比尔·特里劳尼
教授
- 占卜学 -

“我们不会炫耀自己无所不知。”

罗兰达·霍琦
女士
- 魁地奇 -

卡思伯特·宾斯
教授
- 魔法史 -

幽灵教师

鲁伯·海格
教授
- 保护神奇动物课 -

“别说傻话了，我不会给你们危险东西的！”

奎里纳斯·奇洛
教授
- ~~黑魔法防御术~~ -

看下一

霍拉斯·斯拉格霍恩
教授
- 魔药学 -
威基·泰克罗斯先生
- 幻影显形课指导教师 -
（魔法部）
“目标，决心，从容！”
费伦泽
教授
- 占卜学 -
威尔米娜·格拉普兰
教授
- 代课教师 -
芭斯谢达·巴布林
教授
- 古代如尼文 -
奥罗拉·辛尼斯塔
教授
- 天文学 -
凯瑞迪·布巴吉
教授
- 麻瓜研究 -
阿莱克托·卡罗
教授
- 麻瓜研究 -
塞蒂玛·维克多
教授
- 算术占卜 -
“不知道！
你给我
闭嘴！”
阿米库斯·卡罗
教授
- 黑魔法防御术 -
洛丽丝夫人
阿格斯·费尔奇
先生
- 学校管理员 -
伊尔玛·平斯
女士
- 学校图书馆管理员 -
波比·庞弗雷
女士
- 校医 -
“管理员费尔奇让我告诉大家，今年绝对禁止学生携带从韦斯莱魔法把戏坊购买的任何笑话商品。”
现在
西弗勒斯·斯内普
教授
- 黑魔法防御术 -
现在是
现在是
新的
然后现在
吉德罗·洛哈特
教授
- 黑魔法防御术 -
莱姆斯·卢平
教授
- 黑魔法防御术 -
“疯眼汉”
阿拉斯托·穆迪教授
- 黑魔法防御术 -
“咳，
咳。”
“时刻保持警惕！”
多洛雷斯·乌姆里奇
教授
- 黑魔法防御术 -

霍格沃茨的课后作业

各种各样只有在霍格沃茨才能找到的魔法作业

魔药学

“斯内普教授逼着他们研究解药。谁都不敢掉以轻心，因为斯内普教授暗示说，他将在圣诞节前给他们中间的一个人下毒，看看他们的解药是否管用。”

黑魔法防御术

“‘家庭作业：就我战胜沃加沃加狼人的事迹写一首诗！写得最好的将得到几本作者亲笔签名的《会魔法的我》！’”

洛哈特教授

罗乌·卫其利

“‘你用的什么笔呀？’

‘是弗雷德和乔治的拼写检查笔……但我想魔法开始失灵了……’

‘一定是的，’赫敏指着他的论文题目说，‘我们要写的是如何对付摄魂怪，不是对付“挖泥泽”，我也不记得你什么时候改名叫“罗乌·卫其利”了。’”

O.W.L.成绩

O 优秀 E 良好 A 及格 P 差 D 很差 T 巨怪（据乔治·韦斯莱所说）

占卜学

“‘对极了。’哈利说——他把刚才绞尽脑汁思索的成果揉成一团，然后越过一群叽叽喳喳的一年级新生的头顶，把纸团投进了炉火，‘好吧……星期一，我会遇到——嗯——被烧伤的危险。’

‘对啊，你是有这样的危险，’罗恩愁眉苦脸地说，‘我们星期一又要见到炸尾螺了。好了，星期二，我会……嗯……’

‘你会破财。’哈利说道，他正在翻着《拨开迷雾看未来》寻找思路。

‘好主意，’罗恩说，赶紧把这一条写下来，‘因为……嗯……因为水星。你呢，你被一个你以为是朋友的人背叛，怎么样？’

‘好啊……太棒了……’哈利草草地记录着，说道，‘因为……金星在黄道第十二宫。’

‘然后，在星期三，我跟人打架打输了。’

‘啊，我刚才也想写打架呢。好吧，我就写打赌输了钱吧。’

‘对，就说你赌我打架会赢……’”

你的本周作业……

- 《十四世纪烧死女巫的做法完全是无稽之谈》
- 《试论麻瓜为何需要用电》
- 试举例说明，进行跨物种转换时，变形咒必须做怎样的调整
- 在羊皮纸上写十二英寸长的论文，论述月长石的特性及其在制药方面的用途
- 一英尺半长的论文，谈巨人战争
- 一篇题为《幽灵显形的原理》的文章

“只要你在i上加了点，t上加了横，什么事情都能干得成！”

“不要说以后做，你这个二流货！”

“今日事，今日毕！”

家庭作业计划簿

魔法史

“哈利在图书馆后面找到了罗恩，他正在用尺子量他魔法史课的家庭作业。宾斯教授要求学生写一篇三英尺长的‘中世纪欧洲巫师集会’的作文。”

决斗俱乐部

吉德罗·洛哈特教授成立的一个短命的俱乐部，因一个学生变出了一条蛇而告终；洛哈特教授不小心把这条蛇扔到十英尺高的空中，被激怒的蛇差点朝学生们发起攻击。

鼻涕虫俱乐部

霍拉斯·斯拉格霍恩教授精心挑选的学生俱乐部，他相信这些学生将走上辉煌的职业生涯；以前的一些俱乐部成员很有意思。

高布石俱乐部

一种类似弹珠的魔法游戏，每当输掉一分时，石头会向输方脸上喷射一种难闻的液体。

魔咒俱乐部

让学生们练习魔咒。

球队、俱乐部和社团*

S. P. E. W.

赫敏的家养小精灵权益促进会

“‘我认为参加者要付两个银西可——用于购买徽章——这笔收入可供我们印发传单。你是财务总管，罗恩——我在楼上给你准备了一个储钱罐——哈利，你是秘书，你需要把我现在说的每一句话都写下来，作为我们第一次会议的记录。’”

S.P.E.W.
S.P.E.W.
S.P.E.W.

魁地奇

每个学院都有自己的魁地奇球队，在学年期间完成学院间魁地奇杯的角逐。

“‘三十比〇！接受教训吧，你们这些卑鄙、无耻的——’

‘乔丹，如果你不能中立地解说——

‘我是实事求是的，教授！’”

格兰芬多学院魁地奇球队 1991

奥利弗·伍德（队长）－守门员
安吉利娜·约翰逊－追球手
艾丽娅·斯平内特－追球手
凯蒂·贝尔－追球手
弗雷德·韦斯莱－击球手
乔治·韦斯莱－击球手
哈利·波特－找球手

比赛集锦：
格兰芬多对斯莱特林
1991

- 斯莱特林队长差点害死格兰芬多队找球手；格兰芬多队获得罚球
- 格兰芬多队找球手的扫帚被施了魔法；斯莱特林队长在没人注意的情况下抢到鬼飞球，连中了五个球
- 格兰芬多队找球手用嘴抢到金色飞贼，差点把它吞了下去
- 格兰芬多队以一百七十分比六十分获胜

* 草药学教授赫伯特·比尔利曾经想在霍格沃茨的节日庆祝活动中加入圣诞哑剧《好运泉》，不料却发生了一些不幸事件，之后霍格沃茨便全面禁止了哑剧。霍格沃茨一直将这个光荣传统延续至今，再也没有排演过戏剧。比尔利教授最终离开了霍格沃茨，到魔法戏剧学院执教。

翻至第60页，寻找魁地奇比赛规则

警告：
如果你划破、撕破、折损、弄脏、毁坏、抛掷、跌落或者以其他任何方式破坏、虐待或亵渎此书，我将在我权力范围之内让你承担最可怕的后果。
霍格沃茨图书馆管理员 伊尔玛·平斯
霍格沃茨图书馆
“‘哈利——我突然明白了一件事！我要去一趟图书馆！’”
赫敏·格兰杰
教你清除家里的害虫 吉德罗·洛哈特
与女鬼决裂 吉德罗·洛哈特
与食尸鬼同游 吉德罗·洛哈特
与女妖一起度假 吉德罗·洛哈特
与巨怪同行 吉德罗·洛哈特
与吸血鬼同船旅行 吉德罗·洛哈特
与狼人一起流浪 吉德罗·洛哈特
与西藏雪人在一起的一年 吉德罗·洛哈特
会魔法的我 吉德罗·洛哈特
吉德罗·洛哈特
古代如尼文简易入门
魔法图符集
魔法字音表
语言、语言学和符号学
黑魔法：自卫指南 昆丁·特林布
魔法防御理论 威尔伯特·斯林卡
实用防御魔法及其对抗黑魔法的应用
对抗无脸妖怪
普通咒语及解招
自卫咒语集
智胜黑魔法
以毒攻毒集
防御和防御咒
拨开迷雾看未来 卡珊德拉·瓦布拉斯基
解梦指南 伊尼戈·英麦格
破碎的球 当厄运来临时
死亡预兆 当你知道厄运即将到来时该怎么办
预言无法预言的 使自己免受惊吓
占卜学
神奇的魁地奇球 肯尼沃思·惠斯普
飞天扫帚大全
击球手的圣经 布鲁特·斯克林杰
与火炮队一起飞翔
不列颠和爱尔兰的魁地奇球队
飞天扫帚护理手册
体育运动
霍格沃茨：一段校史
魔法史 巴希达·巴沙特
十八世纪魔咒选
中世纪巫术指南
现代魔法史
生而高贵：巫师家谱
黑魔法的兴衰
二十世纪重要魔法事件
级长怎样获得权力
近代巫术发展研究
现代魔法的重大发现
当代著名魔法家名录
二十世纪的伟大巫师
魔法历史

你不知道自己所拥有的能力，以及你一旦明白后怎样运用它们
忙碌急躁者可速成的基本恶咒
标准咒语
第1—7级
米兰达·戈沙克
初学变形指南
埃默瑞·斯威奇
魔法理论、魔咒和咒语
魔咒成就
只要有魔杖，就有办法
对付恶作剧的锦囊妙计
古怪的魔法难题及其解答
隐形术的隐形书
被遗忘的古老魔法和咒语
第五元素
探索
魔咒与破解魔咒
（用最新的复仇术捉弄你的朋友，蛊惑你的敌人：脱发、打折腿、绑舌头及其他许许多多手法）
温迪克·温瑞迪安
教授
名男巫的疯狂魔法
中级变形术
高级变形术指南
魔法理论、魔咒和咒语
魔法药剂与药水
阿森尼·吉格
高级魔药制作
利巴修·波拉奇
给你的奶酪施上魔法
烤面包的魔法
做出一桌魔法盛宴！
魔药学
烹饪
神奇动物在哪里
纽特·斯卡曼德
溺爱火龙的人
从火龙蛋到地狱
饲养火龙指南
妖怪们的妖怪书
不列颠和爱尔兰的火龙种类
珍禽还是恶兽：鹰头马身有翼兽之残暴性研究
可怕的地底深处的动物
毒菌大全
地中海神奇水生植物及其特性
鹰头马身有翼兽心理手册
动物和植物
数字占卜学新原理
数字学和语法学
迷倒女巫的十二个制胜法宝
诗翁彼豆故事集
不列颠麻瓜的家庭生活和社会习惯
威廉·维格沃希
杂学全书
数字占卜
至毒魔法
强力药剂
尖端黑魔法揭秘
禁书区

有求必应屋

“‘多比还知道，费尔奇先生工具不够时在那儿找到过备用的清洁用具，先生。’”

费尔奇先生

“‘它大概只在清晨五点半时才能进入，或者只在弦月时出现——也可能是在找厕所的人膀胱胀得特别满的时候。’”

邓布利多教授

“‘多比用过它，先生。’小精灵的声音低了下去，面有愧色，‘闪闪醉得厉害时，多比就把她藏在有求必应屋里。’”

多比

“‘这间屋子只有当一个人真正需要它时才能进得去。’多比严肃地说，‘它时有时无，当它出现时，总是布置得符合求助者的需要。’”

特里劳尼教授

“‘我本来希望——啊——存放一些——呃——个人用品在有求必应屋里……’”

弗雷德&乔治·韦斯莱

“‘真怪，’弗雷德皱眉打量着四周，‘我们在这儿躲过费尔奇，乔治，你还记得吗？可那次它只是个扫帚间……’”

“‘去年一年我几乎都住在藏宝屋里。’”

德拉科·马尔福

“‘多比说要三次走过这段墙，集中精神想我们需要什么。’”

“‘真是个理想的藏身之处，只要我们有一个人在这里，他们就进不来，门打不开。’”

纳威·隆巴顿

那个藏东西的地方

“我需要一个地方让我藏书……”

DUMBLEDORE'S ARMY

邓布利多军

“给我们一个练习的场所……不会被发现……”

邓布利多军：时间轴

1995年8月30日
魔法部任命多洛雷斯·乌姆里奇为霍格沃茨的黑魔法防御术课教师。

1995年9月2日
乌姆里奇教授的第一节黑魔法防御术课。她否认伏地魔卷土重来，也无意教学生们学习如何自卫。

1995年9月
乌姆里奇教授成为霍格沃茨的高级调查官。

1995年9月
赫敏建议大家开始自学黑魔法防御术，由哈利当他们的老师。

1995年9月/10月
哈利同意教同学们黑魔法防御术。

赫敏建议安排那些有兴趣在课外学习防御魔法的同学开一个会。

邓布利多军

哈利五年级的时候，
和朋友们成立了一个
黑魔法防御术的秘密学习小组。

“‘就像哈利在乌姆里奇的第一节课上说的，我们要做好准备，去对付外面将会等待我们的一切。我是说，我们要确保真的能够保护自己。’”

赫敏·格兰杰

“除你武器！”
“呼神护卫！”
哈利·波特
赫敏·格兰杰
罗恩·韦斯莱

邓布利多军成员

哈利·波特
赫敏·格兰杰
罗恩·韦斯莱
纳威·隆巴顿
金妮·韦斯莱
卢娜·洛夫古德
迪安·托马斯
拉文德·布朗
帕瓦蒂·佩蒂尔
帕德玛·佩蒂尔
秋·张
玛丽埃塔·艾克莫
凯蒂·贝尔
艾丽娅·斯平内特
安吉利娜·约翰逊
科林·克里维
丹尼斯·克里维
厄尼·麦克米兰
贾斯廷·芬列里
汉娜·艾博
苏珊·博恩斯
安东尼·戈德斯坦
迈克尔·科纳
泰瑞·布特
扎卡赖斯·史密斯
弗雷德·韦斯莱
乔治·韦斯莱
李·乔丹

1995年10月的第一个周末
在霍格莫德村的猪头酒吧，哈利、罗恩和赫敏与来自格兰芬多、赫奇帕奇和拉文克劳的另外二十五名同学碰面。

他们同意每星期跟哈利上一次防御课，并在一份名单上签字，承诺对集会的事保密。

1995年10月
乌姆里奇教授颁布第二十四号教育令。

第二十四号教育令
24

如发现有学生未经高级调查官批准而组建或参加任何组织、协会、团队或俱乐部，立即开除。

都在名字里

成员们称自己为“D.A.”，这样就可以谈论集会的事而不透露秘密。

不许告密

所有成员都在一张羊皮纸上签了字。它被施了恶咒，如果有人把邓布利多军的秘密告诉乌姆里奇教授，他的脸上就会出现紫色脓包拼出的“告密生”一词。

完美的藏身之处

授课在有求必应屋里进行。

“‘我们每人拿一枚，哈利确定了下次集会时间，就修改他硬币上的数字，大家的硬币都会有同样变化，因为我给它们施了一个变化咒。’”

赫敏·格兰杰

秘密消息

每个成员都有一个假金加隆。每当边缘的那圈数字发生变化，显示下次集会的日期和时间时，假币就会发热。

赫敏的灵感来自邓布利多军的对手食死徒身上的伤疤。（每个食死徒身上的伤疤开始灼烧时，他们就知道必须赶赴伏地魔的身边。）

“‘我们把全名叫作“邓布利多军”吧，那可是魔法部最害怕的，对吧？’”

金妮·韦斯莱

“昏昏倒地！”
“障碍重重！”
纳威·隆巴顿
金妮·韦斯莱
卢娜·洛夫古德

1995年10月
他们八点钟在有求必应屋集合，上第一堂防御课。

他们推举哈利为领袖，并选定了一个名字：邓布利多军（简称“D.A.”）。

每位成员都得到了一枚假金加隆，它能传达下一次集合的时间和日期。

1995年10月至1996年春
邓布利多军定期在有求必应屋秘密集会，在那里练习各种魔咒、恶咒和防御咒。

邓布利多军的成员们都把自己的加隆带在身边，以便在第二次巫师战争中受到召唤时能够及时响应……

魔法事故

失误的魔法

“麦格教授正朝一个人大喊大叫，听声音，那人把他的朋友变成了一只獾。”

- 罗恩把一个餐盘变成了蘑菇
- 汉娜·艾博把她的雪貂变成了一大群火烈鸟
- 纳威把自己的耳朵嫁接到了一株仙人掌上
- 洛哈特想给哈利治疗手臂，却把骨头全都变没了
- 弗雷德和乔治想用增龄剂通过火焰杯的年龄线，结果却长出了白花花的长胡子
- 到四年级开始时，纳威已经熔化了六只坩埚

魁地奇的混乱场面

“‘嗯——游走球有没有打死过人？’哈利问道，希望他的口气显得很随便。

‘在霍格沃茨从来没有。’”

- 第一节飞行课：纳威从扫帚上摔下，手腕骨折
- 一年级的比赛：哈利差点被自己的扫帚甩下去
- 二年级的比赛：一只游走球疯狂地攻击哈利
- 三年级的比赛：大批摄魂怪潜入球场，哈利从五十英尺高空坠落
- 五年级的训练：杰克·斯劳珀用自己的球棒把自己打晕

魔咒回火

“‘没关系，赫敏，’哈利赶紧说道，‘我们送你去医院。庞弗雷女士从来不多问……’”

- 罗恩用魔杖对付德拉科·马尔福时咒语反弹，致使罗恩不停地打嗝喷出鼻涕虫
- 后来那根魔杖又在洛哈特身上爆炸，导致他抹去了自己的记忆
- 爱洛伊丝·米德根想用魔咒去除青春痘，却把自己的鼻子变没了
- 考迈克·麦克拉根因为打赌吃了狐媚子蛋，结果住进了医院
- 赫敏不小心把猫毛放进复方汤剂，长出了皮毛和尖耳朵

打人柳的受害者

“‘我在检查花园时发现，一棵非常珍贵的打人柳似乎受到了很大的损害。’斯内普继续说。

‘那棵树对我们的损害比——’罗恩冲口而出。

‘安静！’斯内普再次厉声呵斥。”

- 亚瑟·韦斯莱的福特安格里亚汽车，惨遭攻击
- 哈利的光轮2000，被砸成碎片
- 哈利和赫敏，在追赶罗恩时被树枝击中
- 最后，在1998年夏天，罗恩总算设法让打人柳静止下来，然后顺利通过了它

神奇动物灾难

“‘啊，它们有的身上有刺，’海格兴奋地说（拉文德赶紧把手从箱子边缩了回去），‘我猜想那些带刺的是公的……母的肚子上有吸盘一样的东西……我认为它们大概会吸血。’”

在霍格沃茨，哈利要面对……

- 四楼走廊的三头大路威
- 女生盥洗室里的山地巨怪
- 海格小屋里的挪威脊背龙诺伯
- 在教室里横冲直撞的康沃尔郡小精灵
- 禁林里的八眼巨蛛阿拉戈克
- 整整一学期的炸尾螺课

格兰芬多对斯莱特林

- 哈利往高尔的坩埚里扔了个费力拔烟火，使肿胀药水溅到了全班同学身上
- 德拉科·马尔福的“门牙赛大棒”咒语使赫敏的门牙长到了下巴上
- 迈尔斯·布莱奇给艾丽娅·斯平内特施了一个眉毛生长咒
- 弗雷德和乔治把蒙太放进消失柜，他却从一个盥洗室冒了出来
- 潘西·帕金森因为长出了鹿角缺课一天
- 金妮用蝙蝠精咒对付德拉科
- 穆迪教授为了制止一场打斗，把德拉科变成了一只白鼬

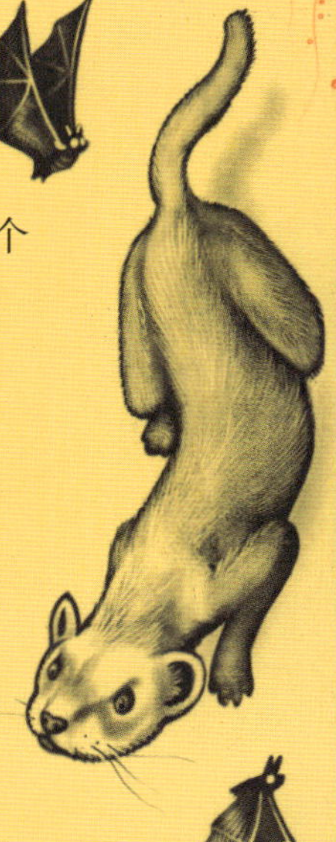

“‘因为我想把这件事永远铭刻在我的记忆里，’罗恩说——他闭着眼睛，脸上是一种十分喜悦的表情，‘德拉科·马尔福，那只不同寻常的跳啊跳的大白鼬……’”

皮皮鬼的拿手戏

“他会把废纸篓扣到你头上，抽掉你脚下的地毯，朝你扔粉笔头，或是偷偷跟在你背后，趁你看不见的时候，抓住你的鼻子大声尖叫：‘揪住你的鼻子喽！’”

皮皮鬼……

- 向刚刚来到学校的学生扔水炸弹
- 晃动盔甲发出响声
- 打翻雕像和花瓶
- 砸坏灯笼
- 喜欢抛接墨水瓶，但技术不佳
- 还喜欢抛接燃烧的火把
- 在黑板上写粗话
- 用口香糖堵住扫帚柜的锁眼
- 把拐杖扔在纳威头上
- 朝学生的头上射墨水弹
- 密谋将帕拉瑟的胸像砸在别人头上
- 在哈利睡着时往他耳朵里吹气
- 拔掉浴室水龙头让三楼发大水
- 早餐时把一袋狼蛛丢在大礼堂中央
- 拿着一根拐杖和一只装满粉笔的袜子追赶乌姆里奇教授
- 往食死徒头顶上扔疙瘩藤的荚果
- 躲在盔甲里，用自己的调子唱“哦，来吧，你们这些虔诚的人”

“他们被皮皮鬼耽搁了一小会儿。皮皮鬼堵上了五楼的一扇门，非要每人把自己的裤子烧着才让过去。”

翻至第148页，了解乔治和弗雷德搞出的魔法恶作剧

5

咒语、魔咒和不可饶恕咒

从守护神咒到时间转换器，从黑魔法的暗影到冥想盆的银色法术——魔法的形式多种多样。阅读魔杖学，操练咒语，学习制作魔药的技术——通过本章，你能够潜心研究一套装得进口袋的魔法物品，不断打磨你在黑魔法防御术、变形术、魔咒学和占卜学方面的知识。

魔杖学

“‘魔杖学是一门复杂而神秘的魔法学科。’”

加里克·奥利凡德

只有一些树的木材具有魔杖特质，带有传送魔法的恰当属性。护树罗锅喜欢在这些魔杖树上筑巢。

如果两根魔杖的杖芯来自同一生物，比如一只特定的凤凰，它们之间就存在某种特殊的联系。在战斗中它们不会正常地攻击对方，相反，一根魔杖会迫使另一根魔杖显示其过去施过的咒语。这种罕见的法术被称为闪回咒。

桃花心木
樱桃木
鹅耳枥木
柏木 与高贵的品质和勇敢的天性有关
花梨木
葡萄藤木 其主人往往追求更高远的目标
柳木 一种不寻常的魔杖木，具有疗愈能力
白蜡木
冬青木 被认为具有防护性，会选择从事危险活动或崇尚精神追求的人
火龙的心脏神经
这种魔杖力量强大，善于学习，但脾气有点不稳定。

“‘只要你是个巫师，就应该差不多能用任何工具表现你的魔法。但最佳效果一定是来自巫师和魔杖间最紧密的结合。’”

加里克·奥利凡德

橡木

接骨木 最稀有的木材，其主人可能具有特殊的命运

榉木

山毛榉木

冷杉木 偏爱目标坚定的人

榛木

桤木

栗木

黑檀木

梣木

山楂木 常会寻找一个性格矛盾的主人

胡桃木

榆木

紫杉木 以擅长决斗和诅咒著称，其主人往往不同凡响，有时甚至臭名远扬

凤凰羽毛 杖芯十分罕见，表现出巨大的适用性和主动性。人们很难赢得它们的忠诚。

魔杖的所有权遵循精细的规则。魔杖选择巫师，只有当它认为自己被新的主人赢得时，才会改变效忠对象。

独角兽毛 制成的魔杖比较忠诚，魔法性能稳定，其力量较小，但很难用于黑魔法。

每根魔杖都是独一无二的

魔杖特性首先取决于其材料和特质的组合：木材、杖芯、长度和柔韧性。当它找到理想的人类伴侣后，两者便开始相互学习。

魔杖的木材

根据树木种类不同，每一种用于制作魔杖的木材都有自己的特性。

魔杖的杖芯

魔杖的杖芯是一种超强的魔法物质。人们相信最优质的杖芯来自独角兽、火龙和凤凰。

长度和柔韧性

魔杖的长度和柔韧性，通常与巫师的个性和身体特征相辅相成。

实用魔法

隐形衣

隐形衣可以用幻身咒或障眼法制造，或者用具有隐身能力的隐形兽的毛发编织而成。这些方法的可靠程度各有不同。哈利的隐形衣曾经属于他父亲。

“哈利从地板上捡起那件银光闪闪的织物。它摸在手里怪怪的，仿佛是用水编织而成。‘是一件隐形衣。’罗恩说，脸上透着敬畏的神色，‘我可以肯定——把它穿上试试。’”

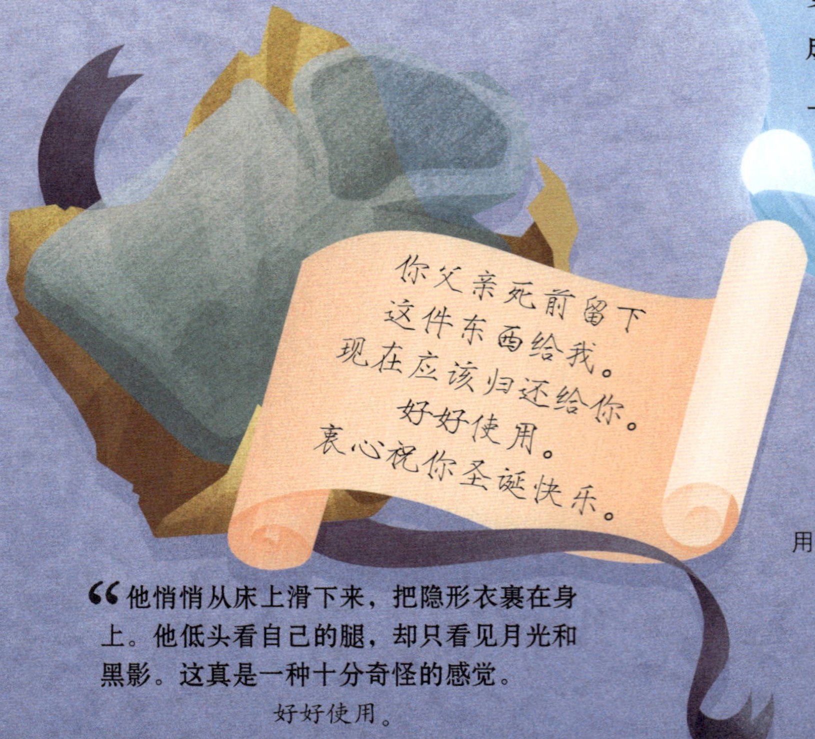

你父亲死前留下
这件东西给我。
现在应该归还给你。
好好使用。
衷心祝你圣诞快乐。

“他悄悄从床上滑下来，把隐形衣裹在身上。他低头看自己的腿，却只看见月光和黑影。这真是一种十分奇怪的感觉。

好好使用。

突然，哈利一下子清醒了。有了这件隐形衣，整个霍格沃茨就对他完全敞开了。”

施魔咒

大多数巫师都使用魔杖，尽管对于天赋异禀、技艺高超的人来说，不用魔杖也可以施魔法。通常需要念出咒语，但通过练习和集中注意力，有些人能学会施无声咒。

“‘好了，千万不要忘记我们一直在训练的那个微妙的手腕动作！……念准咒语也非常重要——千万别忘了巴鲁费奥巫师，他把“f”说成了“s”，结果发现自己躺在地板上，胸口上站着一头水牛。’”

菲利乌斯·弗立维

扫帚的创新

扫帚不仅会飞

减震咒
始于1820年，让扫帚骑起来更为舒适

霍顿-凯奇制动咒
用于早期的比赛扫帚彗星140，此咒语辅助其飞行

内置式报警哨
特威格90的一个噱头

牢不可破的制动咒
火弩箭的一大特点

内置式防盗蜂音器
含在矢车菊扫帚内

防恶咒的清漆
用于横扫十一星

飞来！

“‘飞来！飞来！飞来！’她一连声地喊道，太妃糖从各个意想不到的地方嗖嗖地飞出来，包括乔治的夹克内衬里，以及弗雷德牛仔裤的翻边里。”

召唤咒可以用于各种不同的物体：

肥舌太妃糖
羽毛笔
几把椅子
一套旧的高布石
纳威的蟾蜍莱福
一本如尼文词典
活点地图
哈利的火弩箭
一只牛蛙
黄油啤酒
O.W.L.试卷
弗雷德和乔治的横扫五星
哈利的魔杖
罗斯默塔女士的两把扫帚
关于魂器的书
哈利的眼镜

斯科尔夫人牌
万能
神奇
去污剂
轻轻松松，
去除污渍！

几个有用的魔咒

“‘给我指路。’他把魔杖平托在手掌上，轻声对它说。

魔杖旋转了一下，指定了他右边密实的树篱。那儿是北，他知道去迷宫中心要朝西北方向走。”

开锁—阿拉霍洞开
治愈破损的鼻子—愈合如初
用魔杖照明—荧光闪烁
去除礼服长袍上多余的花边—切割咒
修补摔碎的碗—恢复如初
潜水时用气泡呼吸—泡头咒
在迷宫里找到路—定向咒
确保一只甲虫不能从罐子里逃出来—牢固咒
让行李自动上楼—箱子移动
施锁腿咒—腿立僵停死
清除雪地上的脚印—擦除咒
清除朋友脸上的血迹—旋风扫净
让雕像和铠甲动起来—石墩出动
把楼梯变成平坦的滑道—滑道平平
把一个小小的串珠手提包变成一个秘密货舱—无痕伸展咒

诅咒、恶咒和毒咒

鼻涕咒
火烤热辣辣
锁腿咒
粉碎咒
全身束缚咒
软腿咒
障碍咒
绊腿咒
反幻影移形咒
回火咒
抽离咒
蜇人咒
投掷咒
蝙蝠精咒
障眼法
胳肢咒
（同样有效）

飞沙走石 炸毁物体

门牙赛大棒 让牙齿生长

实咳消 疏通某人被呛到的气管

尸骨再现 变出黑魔标记

滑稽滑稽 使博格特变成滑稽的样子

咒立停 使前面的一个魔咒停止

速速缩小 使膨胀咒的效果逆转

速速变大 膨胀咒的咒语；使物体膨胀

僵尸飘行 用于移动无意识的身体

倒挂金钟 把对方吊着脚踝倒挂在半空

恶作剧完毕 使活点地图消失；同时用魔杖轻敲一下羊皮纸

万弹齐发 指挥物体发起进攻

火烤热辣辣 引发疖子；和软腿咒一起使用会产生有趣的副作用

羽加迪姆 勒维奥萨 使物体飘浮；发音是“是羽加—迪姆 勒维—奥—萨，那个‘加’字要说得又长又清楚。”

呼神护卫 守护神咒的咒语；召唤守护神，一种集中的正面力量

兰花盛开 变出花朵

无声无息 无声无息咒的咒语

阿拉霍洞开 开锁

盔甲护身 铁甲咒的咒语；变出一道无形的墙，使某些魔咒偏移

云咒撤回 如果你的办公室最近一直下雨，值得一试

清理一新 用于清洁

锁舌封喉 阻止另一个人（或恶作剧精灵）说话

悄声细语 使扩音咒的效果逆转

障碍重重 障碍咒的咒语；阻挡攻击者

佩斯奇皮克西 佩斯特诺米 对制服小精灵没有帮助

急急现形 使隐形的墨水显现

闭耳塞听 让周围每个人的耳朵里充满一种无法辨别的嗡嗡声

金钟落地 倒挂金钟咒的反咒

乌龙出洞 变出一条蛇

咧嘴呼啦啦 一种胳肢咒

移动咒 移动无生命的物体

快快禁锢 封住一道门

旋风扫净 用于清洁

138

咒语

要达到施魔咒的最佳效果，需要把咒语念对，并用魔杖做出正确的动作。高深的魔法使用无声咒，达到出奇制胜的目的……

火焰熊熊 产生火焰

瓦迪瓦西 对清除口香糖很有效

坚立成形 搭建或构建

除你武器 缴械咒的咒语

恢复如初 修复一件物体

荧光闪烁 让魔杖尖发出亮光

标记显现 形成一个火红的标记

诺克斯 熄灭魔杖的光

复制成双 复制一件物体

一忘皆空 让对方遗忘

混淆视听 混淆咒的咒语；使人变得糊涂

愈合如初 治愈对方的伤口

四分五裂 让某件东西裂开或散架

左右分离 打开通往秘密通道的入口

夹板紧扎 为骨折的肢体变出一个夹板

闪回前咒 显示一根魔杖最近施过的咒语

昏昏倒地 昏迷咒的咒语；击晕对方，并使其丧失意识

统统石化 全身束缚咒的咒语

快快复苏 让对方苏醒

飞来 召唤咒的咒语；把一件物体召到自己身边

掩目蔽视 暂时模糊对方视线

力松劲泄 使某人摆脱锁链或他人的束缚

神锋无影 “对敌人”；导致大量失血

塔朗泰拉舞 迫使某人快速跳舞

门托斯 把一件物体转换为门钥匙

我庄严宣誓我不干好事 让活点地图显现；同时用魔杖轻敲羊皮纸

人形显身 让在场的人显现

粉身碎骨 粉碎咒的咒语；炸开坚实的物体

声音洪亮 把某人的嗓音放大

应声落地 把物体从高处拽下

清水如泉 一种变出水来的魔法

幻形石板 把物体变成石头

飞鸟群群 变出一群小鸟

有些魔咒是不可饶恕的；翻至第157页，寻找更多内容

魔咒学

“教授魔咒的是一位身材小得出奇的男巫弗立维教授，上课时他必须站在一摞书上，才够得着讲桌。”

移动咒
生长咒
快乐咒
变色咒

“‘一挥一抖，记住，一挥一抖。’”

弗立维教授

飘浮咒

使物体飞起来

羽加迪姆　勒维奥萨！

“‘你说错了……是羽加—迪姆　勒维—奥—萨，那个“加”字要说得又长又清楚。’”

赫敏·格兰杰

召唤咒

使任何物体在空中向你飞来；
无论你是否知道物体在哪里，咒语都会起作用

飞来！

四级
标准咒语
米兰达·戈沙克
著

清水如泉咒

从魔杖里变出水

清水如泉！

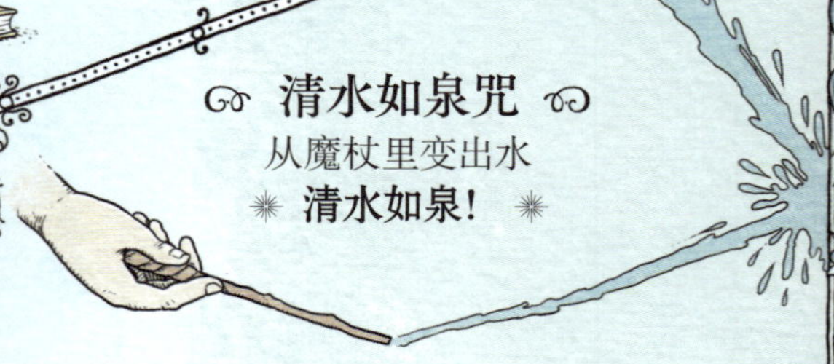

“哈利用魔杖指着满怀希望地朝桌子另一头蹦去的牛蛙——‘牛蛙飞来！’——牛蛙沮丧地落回了他的手里。”

“他挥魔杖的劲儿太足了点，把那天魔咒课作业要变的一股清泉变成了一道水柱，射到天花板上反弹下来，把弗立维教授打趴在地。”

驱逐咒

作用与召唤咒相反

速速退去！

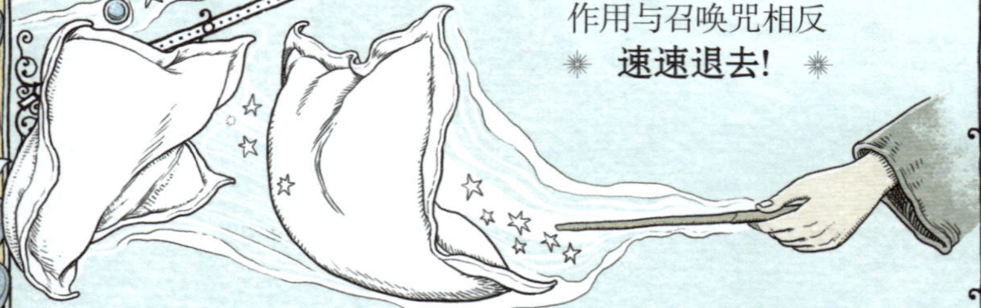

“他对一个软垫念了驱逐咒（软垫飞到空中，撞掉了帕瓦蒂的帽子）。”

无声无息咒

阻止某物，比如一只聒噪的乌鸦，发出声音

无声无息！

“‘你的魔杖动得不对，’赫敏用批评的眼光看着罗恩，‘不要挥舞，应该迅速一刺。’”

占卜学

“实际上，它看上去根本不像教室，倒更像是阁楼和老式茶馆的混合物……阴影里突然响起一个声音，一个软绵绵的、含混不清的声音。

‘欢迎，’那声音说，‘终于在物质世界见到你们，真是太好了。’”

手相

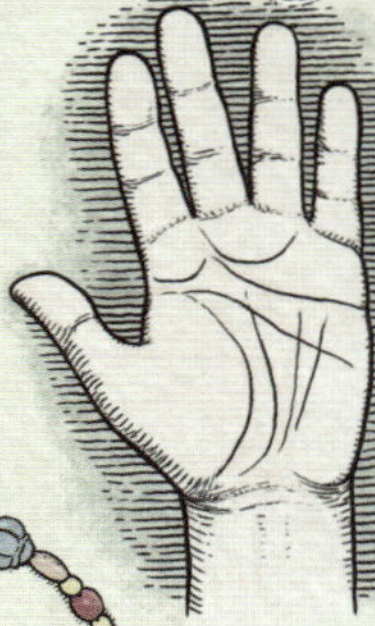

“‘不要抱怨，这意味着手相终于学完了，’哈利悄声回答，‘她每次看到我的手掌都要哆嗦一下，我烦透了。’”

行星占卜

“‘但今天是研究火星作用的一个大好时机，因为它目前正处在非常有趣的位置上。请你们往这边看，我把灯关掉……’”

特里劳尼教授

“‘躺在地板上，’费伦泽平静地说，‘然后观察天空。对于能读懂星相的人来说，那里已经描绘出了我们各个种族的命运。’”

解读茶叶

“‘坐下去喝茶，喝到只剩下茶叶渣。用左手把茶叶渣在杯子里晃荡三下，再把杯子倒扣在托盘上，等最后一滴茶水都渗出来后……’”

特里劳尼教授

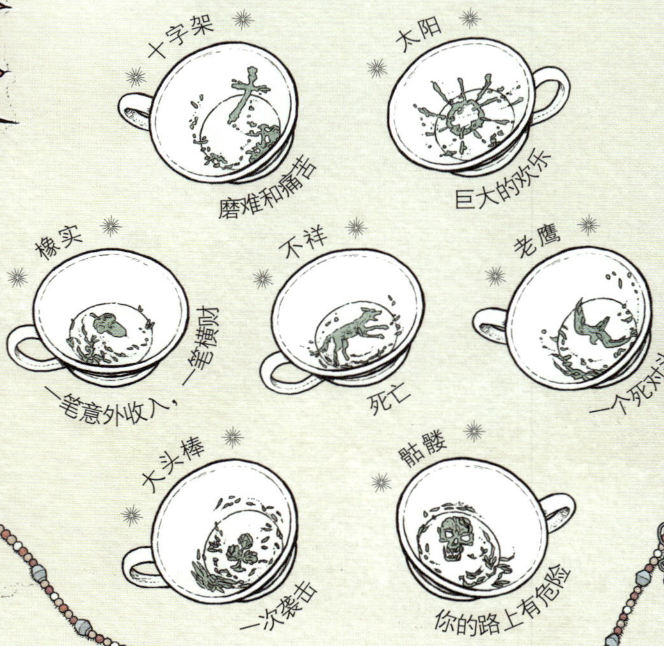

十字架
磨难和痛苦
太阳
巨大的欢乐
橡实
一笔意外收入，一笔横财
不祥
死亡
老鹰
一个死对头
大头棒
一次袭击
骷髅
你的路上有危险

水晶球占卜

“‘我并不指望各位第一次凝视那无限深邃的灵球时就能看到什么。我们将首先练习放松意识和外眼。’”

特里劳尼教授

解释梦境

“‘好吧，我们要用你的年龄加上你做梦那天的日期，还有主题词的字母个数……主题词是“淹死”，还是“坩埚”，还是“斯内普”呢？’”

罗恩·韦斯莱

解梦指南
伊尼戈·英麦格

变形术

“‘变形术是你们在霍格沃茨所学的课程中最复杂也最危险的魔法……任何人要是在我的课堂上调皮捣蛋，我就请他出去，永远不准再进来。我可是警告过你们了。’”

麦格教授

“麦格教授跟他们都不一样。哈利没有看错。他一眼就看出这位教授不好对付。她严格、聪明，学生们刚坐下来上第一堂课她就给他们来了个下马威。”

第一学年

把火柴变成一根针

第二学年

把一只甲虫变成纽扣

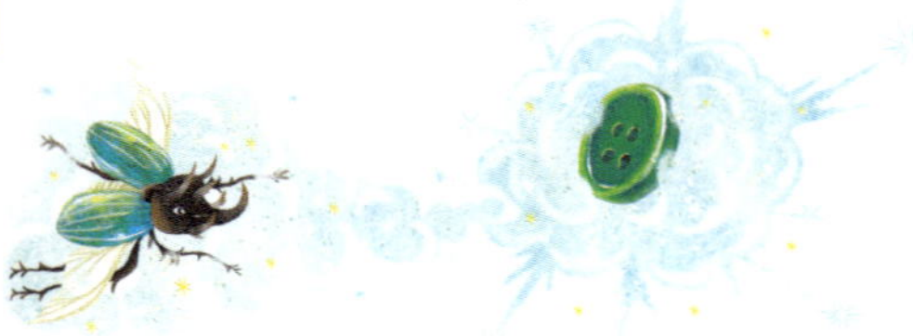

要避免的失误：让甲虫爬走；不小心把它压扁

第三学年

把茶壶变成一只乌龟

要避免的失误：乌龟尾巴仍是壶嘴的样子；乌龟壳上还有柳树花纹；乌龟看上去更像一只海龟

第四学年

变形咒、转换咒、跨物种转换

转换一棵仙人掌

要避免的失误：把自己的耳朵嫁接到一棵仙人掌上

把珍珠鸡变成天竺鼠

要避免的失误：天竺鼠身上还留着羽毛

阿尼马格斯

阿尼马格斯是会变成动物的巫师。

成为一名阿尼马格斯需要很多年。即使成功了，也只能变成一种动物形态，对此他们无法选择，也无法改变。

魔法部禁止滥用魔法办公室对所有阿尼马格斯都登记在册。

魔法部在二十世纪只登记了七名在英国的阿尼马格斯，但还有一些没有登记在册的。

丽塔·斯基特

“玻璃罐里有几根树枝和几片树叶，还有一只胖墩墩的大甲虫。”

小矮星彼得

“小矮星彼得的声音尖细，眼睛又朝门口瞟了瞟。”

第五学年

消失咒、非动物驱召咒

让蜗牛消失

要避免的失误：
还留下一点点蜗牛壳

让老鼠消失

让小猫
消失

O.W.L.考试

让一只鬣蜥消失

“‘消失咒，随着需要消失的动物越来越复杂，它也越来越难掌握。蜗牛是一种无脊椎动物，挑战性不是很大，而老鼠是一种哺乳动物，要求就高得多了。’”

麦格教授

中级变形术
把猫头鹰变成
一副小型望远镜

第六学年

驱召咒、人体变形

变出叽叽喳喳的小黄鸟

使自己的眉毛变色

要避免的失误：让自己长出两撇惹眼的八字胡

米勒娃·麦格

“‘真没想到会在这里见到您，麦格教授。’
他回头朝花斑猫微微一笑。花斑猫不见了，换成一个神情严肃的女人，戴一副方形眼镜，看起来跟猫眼睛周围的纹路一模一样。”

小天狼星布莱克

“变成熊一般的大狗蹿上前去。”

詹姆·波特

“它缓缓地低下那一对鹿角。哈利看出来了……”

魔药学

“‘我并不指望你们能真正领会那文火慢煨的坩埚冒着白烟、飘出阵阵清香的美妙所在，你们不会真正懂得流入人们血管的液体，令人心荡神驰、意志迷离的那种神妙魔力……’”

斯内普教授

“魔药课是在一间地下教室里上课。这里比上边城堡主楼阴冷，沿墙摆放着玻璃罐，里面浸泡的动物标本更令你瑟瑟发抖。”

黄铜天平

水晶小药瓶

碗和捣槌

圣甲虫

姜根

犰狳胆汁

粪石

增智剂

配料：

- 圣甲虫，碾成细细的粉末
- 姜根，切片
- 犰狳胆汁

复方汤剂

- 让你变成另一个人的模样
- 黏稠的泥浆状，会根据所变对象不同而改变颜色
- 产生迟滞的气泡
- 如果制作不当，会造成严重不良后果

吐真剂

- 迫使饮用者说出真相
- 无色
- 无味
- 功效强大，受魔法部管控

所有魔药的熬制都要使用魔杖。

必须有明火。

坩埚通常由锡镴或铁制成，也有为了炫耀用纯金打造的。所有的坩埚都被施了魔法，携带时更加轻便，还可以自动搅拌或折叠。

如何熬制生死水

这种药水需要熬制大约一个小时

把水仙根粉末加入艾草浸液

切碎缬草根

把瞌睡豆切成片

混血王子的建议：

用银短刀的侧面挤压，比切片更容易出汁

逆时针搅拌，直到药剂变得像水一样清

混血王子的建议：

逆时针搅拌七下之后再顺时针搅拌一下

十分钟内，坩埚会喷出淡蓝色的蒸汽

药剂熬到一半时，理想的状态是调匀的黑加仑色

加入足够的瞌睡豆汁液后，药剂变成一种淡丁香紫色

一开始药剂会变成粉红色，最后变得清澈

药剂最终的颜色

优秀 …… 显然不对

“哈利听到马桶下边噼噼啪啪作响，便知道他们在下面生了一把火。用魔法变出可携带的防水火焰，这是赫敏的拿手好戏。”

“‘当然啦，痴心水并不能真的创造爱情。爱情是不可能制造或仿造的。不，这种药剂只会导致强烈的痴迷或迷恋。’”

斯拉格霍恩教授

痴心水

- 引发强烈的痴迷
- 珍珠母的光泽
- 对每个人有不同的诱人气味
- 它的蒸汽呈螺旋形上升
- 造成的痴情有时非常危险

福灵剂

- 药效持续期间提供好运，因此得名“幸运药水”
- 颜色像熔化的金子
- 大滴大滴药剂欢快地飞溅，但不会洒出来
- 过量使用会导致鲁莽和狂妄自大

“‘让我来告诉你吧，波特，水仙根粉和艾草加在一起可以配制成一种效力很强的安眠药，就是一服生死水。’”

斯内普教授

黑魔法
防御术
“他们的黑魔法防御术课老师没有一个待到超过三个学期的。”
第一学年
奎里纳斯·奇洛
“‘巨怪——在地下教室里——以为你应该知道的。’说完，他一头栽倒在地板上，昏了过去。”
第二学年
吉德罗·洛哈特
“‘我必须请你们不要尖叫，’洛哈特压低声音说，‘那会激怒它们的！’
全班同学屏住呼吸，洛哈特掀开了罩子。
‘不错，’他演戏似的说，‘刚抓到的康沃尔郡小精灵。’”
第三学年
莱姆斯·卢平
“‘博格特喜欢黑暗而封闭的空间，’卢平教授说，‘衣柜、床底下的空隙、水池下的碗柜……但只要我把它放出来，它立刻就会变成我们每个人最害怕的东西。’”

第四学年
疯眼汉穆迪
“穆迪把手伸进瓶子，抓起一只蜘蛛，放在摊开的手掌上，让大家都能看见。然后他用魔杖指着蜘蛛，喃喃地念道：‘魂魄出窍！’”
第五学年
多洛雷斯·乌姆里奇
“‘使用防御咒？’乌姆里奇教授轻声笑着重复道，‘哎呀，我无法想象在我的课堂里会出现需要你们使用防御咒的情况，格兰杰小姐。你总不至于认为会在上课时受到攻击吧？’”
“‘你知道是怎么回事，海格告诉过我们，谁也不愿意接这个活儿，他们说这份工作中了恶咒。’”
哈利·波特
“‘一个被开除，一个死了，一个被消除了记忆，还有一个被锁在箱子里整整九个月。’哈利掰着指头一个个地数。”
第六学年
西弗勒斯·斯内普
“‘现在你们分成两个人一组，’斯内普继续说道，‘一个试着给另一个施恶咒，但不许念出声来。另一个试着击退那个恶咒，同样也不许出声。开始吧。’”
第七学年
阿米库斯·卡罗
“‘阿米库斯，那个男的，教以前的那门黑魔法防御术课，现在其实就是赤裸裸的黑魔法了。’”
纳威·隆巴顿

捣蛋大师

弗雷德和乔治·韦斯莱可能成绩并不拔尖，但他们的魔法恶作剧堪称传奇。

1983-1984

罗恩的玩具熊

“‘要知道，我三岁的时候，弗雷德因为我弄坏了他的玩具扫帚，就把我的——我的玩具熊变成了一只丑陋的大蜘蛛。’”

罗恩·韦斯莱

1987-1988

酸味爆爆糖

“‘我七岁时弗雷德给过我一颗——把我舌头烧了一个洞。’”

罗恩·韦斯莱

1989-1990

找到活点地图

“‘是这样，哈利……我们一年级时——年轻，无忧无虑，天真无邪——’

哈利扑哧笑了，怀疑弗雷德和乔治是否有过天真无邪的时候。

‘——啊哈，比现在天真无邪——那会儿我们跟费尔奇闹了点儿别扭。

· · ·

‘——而我们忍不住瞄上了他的一只档案柜抽屉，那上面标着没收物品，高度危险。’

‘该不会是——’哈利咧嘴笑了。

‘嘿，换了你会怎么做？’弗雷德说，‘乔治又扔了一个大粪弹转移他的注意力，我马上打开抽屉，抓到了——这个。’”

十二月 1991

雪球大战

“韦斯莱孪生兄弟受到了惩罚，因为他们给几只雪球施了魔法，让它们追着奇洛到处跑，最后砸在他的缠头巾后面。”

六月 1992

一只马桶圈

“‘据我所知，你的朋友弗雷德和乔治·韦斯莱本来还想送给你一只马桶圈。他们无疑是想跟你逗个乐子。’”

阿不思·邓布利多

十二月 1992

笨瓜珀西

“珀西没有注意到弗雷德已经对他的级长徽章施了魔法，使上面的字变成了‘笨瓜’，还傻乎乎地一个劲儿问大家在笑什么。”

笨瓜
格兰芬多

八月 1994

肥舌太妃糖

“‘你是故意把它弄撒的！’韦斯莱先生怒吼道，‘你知道他肯定会吃，你知道他在减肥——’

‘他的舌头肿得多大？’乔治急切地问。

‘一直肿到四尺多长，他父母才让我把它缩小了！’”

九月 1994

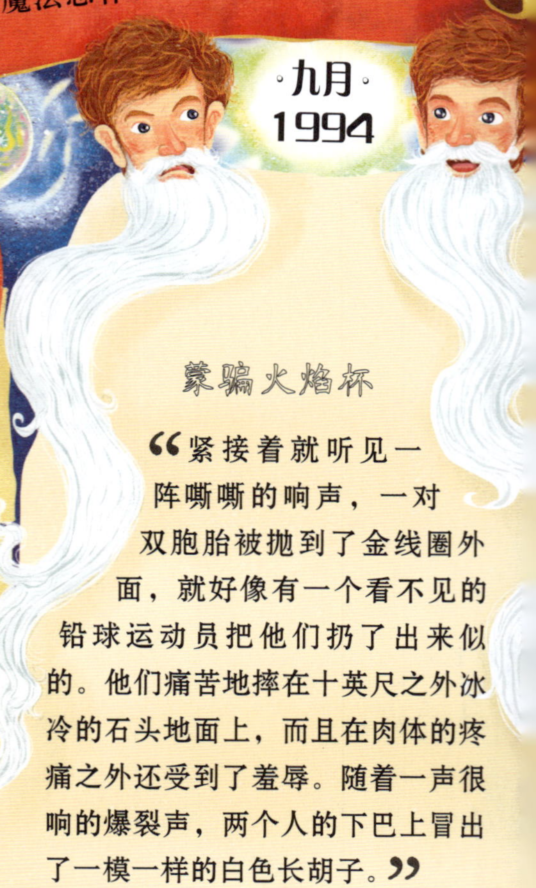

蒙骗火焰杯

“紧接着就听见一阵嘶嘶的响声，一对双胞胎被抛到了金线圈外面，就好像有一个看不见的铅球运动员把他们扔了出来似的。他们痛苦地摔在十英尺之外冰冷的石头地面上，而且在肉体的疼痛之外还受到了羞辱。随着一声很响的爆裂声，两个人的下巴上冒出了一模一样的白色长胡子。”

五月 1996

嗖嗖-嘭烟火

“有人（哈利立刻想到了是谁）好像点燃了一大箱施过魔法的烟火。一些全身由绿色和金色火花构成的火龙正在走廊里飞来飞去，一路喷射出艳丽的火红色气流，发出巨大的爆炸声；颜色鲜艳的粉红色凯瑟琳车轮式烟火，直径有五英尺，带着可怕的嗖嗖声飞速转动着穿行在空中，就像许多飞碟；火箭拖着闪耀的由银星构成的长尾巴从墙上反弹开；烟火棍在空中自动写出骂人的话；处处都有爆竹像地雷一样炸开……”

五月 1996

便携式沼泽

“‘这么说——你们认为把学校走廊变成沼泽地很好玩，是不是？’

‘确实很好玩，没错。’弗雷德说，他抬头望着她，没有一丝畏惧。”

五月 1996

骑向夕阳

“哈利从没见过皮皮鬼听从哪个学生的吩咐，此刻皮皮鬼却快速脱下头上的钟形帽子，敏捷地向弗雷德和乔治行了个礼。孪生兄弟在下面同学们暴风雨般的喝彩声中，飞出敞开的大门，融入了辉煌夺目的夕阳之中。”

八月 1995

伸缩耳

“‘时间就是金加隆，弟弟。’弗雷德说，‘不管怎么说，哈利，你干扰接收了。伸缩耳，’他看到哈利扬起眉毛，又接着解释道，并举起了那根细绳，哈利这才看到它一直通到外面的楼梯平台上，‘我们想听听楼下的动静。’”

六月 1996

纪念弗雷德和乔治

“‘还好，弗立维清除了弗雷德和乔治留下的沼泽，’金妮说，‘大概三秒钟就搞定了。但他在窗户底下还留了一小片，用绳子圈了起来——’

‘为什么？’赫敏惊讶地说。

‘哦，他只说这是一个特别精彩的魔法。’金妮耸了耸肩膀说。

‘我认为他是为了纪念弗雷德和乔治。’罗恩含着满嘴的巧克力说。”

翻至第78页，了解韦斯莱魔法把戏坊

能装进口袋的魔法物品

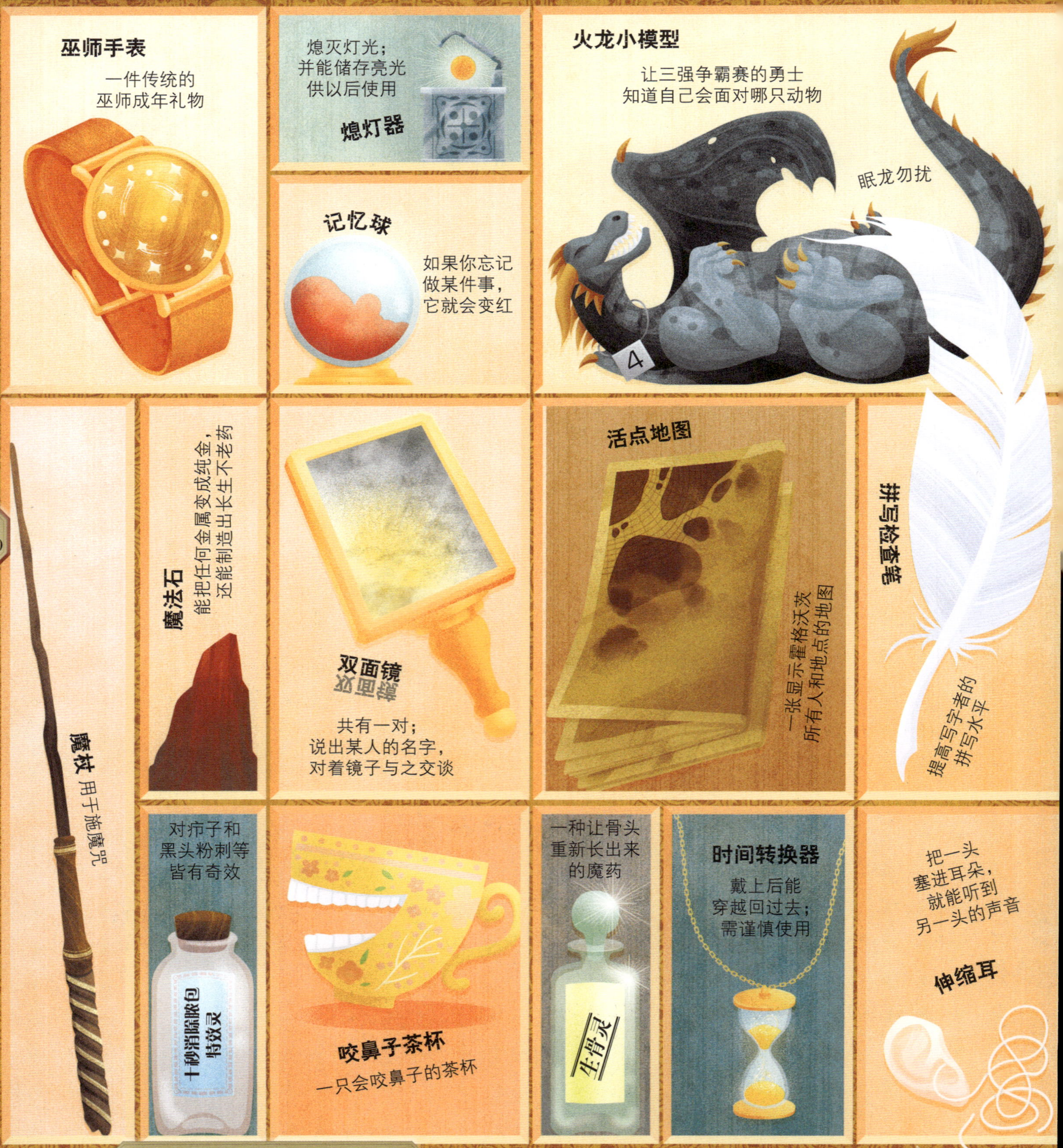
巫师手表
一件传统的巫师成年礼物
熄灭灯光；并能储存亮光供以后使用
熄灯器
火龙小模型
让三强争霸赛的勇士知道自己会面对哪只动物
眠龙勿扰
4
记忆球
如果你忘记做某件事，它就会变红
魔杖 用于施魔咒
魔法石
能把任何金属变成纯金，还能制造出长生不老药
双面镜
共有一对；说出某人的名字，对着镜子与之交谈
活点地图
一张显示霍格沃茨所有人和地点的地图
拼写检查笔
提高写字者的拼写水平
对疖子和黑头粉刺等皆有奇效
十秒消除脓包特效灵
咬鼻子茶杯
一只会咬鼻子的茶杯
一种让骨头重新长出来的魔药
生骨灵
时间转换器
戴上后能穿越回过去；需谨慎使用
把一头塞进耳朵，就能听到另一头的声音
伸缩耳

翻至第40页，发现更多的羽毛笔

隐形衣
穿上后
能隐形
著名女巫和男巫画片
可供收藏，信息丰富，
藏在巧克力蛙里
阿不思·邓布利多
可携带的罐装火焰
赫敏的绝活；
可以用来取暖
金色飞贼
一个很难
抓住的球，
需要毅力
和技巧
幸运药水；
喝下后会给
你带来好运
福灵剂
透过它们看到的
画面可以放大、
回放和用慢动作播放
全景望远镜
诱饵炸弹
蹿出去发出一声
爆响，喷出黑烟；
有利于转移
别人的注意力
如果周围
有可疑的人，
它会发亮
和旋转
窥镜
吃掉饼干能
变成一只大
金丝雀一分钟
金丝雀
饼干
水晶球占卜是一门
极其高深的学问；
把球扔出去的话，
它可以是一件有效的武器
水晶球
让你通过飞路网
从一个壁炉
穿行到
另一个
壁炉
飞路粉
会让你嘴里冒烟
的一种糖果
胡椒
小顽童
照妖镜
敌人靠近时，
会在这面
镜子里出现
吐真剂
一种效果
奇强的教你
说实话的药剂
邓布利多军加隆
显示下次
集会的时间
和日期

要想了解邓布利多军，请翻至第128页

狼人

狼人是指每月一次在满月时变形的人。

这种症状被称作狼化症，是由于满月时被变形的狼人咬伤引起的。

除了鼻子略短、尾巴呈簇状、瞳孔较小之外，其野兽般的形态与真正的狼几乎没有区别。

如果不加以治疗，变形后的狼人会失去道德感，寻找人类作为猎物。

狼化症的受害者既有巫师，也有麻瓜，目前尚无治愈方法。不过，可以用狼毒药剂来加以控制。

尽管狼人在一个月的其他日子都是普通人，但他们在巫师界普遍不受信任。魔法部有一个狼人登记处，但许多狼人都因为担心被驱逐而试图隐藏自己的情况。

新月
残月蛾眉月
下弦月
亏凸月
满月
盈凸月
上弦月
新月蛾眉月

“‘它让我变得安全了。我只要在满月前一周喝了这药，就能在变形时保持神志清醒……可以蜷缩在我的办公室里，是一匹无害的狼，等待月缺。但是，在狼毒药剂发明之前，我每个月都会变成一头可怕的怪物。’”

莱姆斯·卢平

“‘邓布利多的信任对我意味着一切。我小时候，是他让我进入了霍格沃茨；我长大后，又因为自己的身份一直受排斥，找不到一份有收入的工作，又是邓布利多录用了我。’”

莱姆斯·卢平

时间转换器

时间转换器是一个被施了魔法的小沙漏，里面包含着一个时间逆转咒。

用一根链子把它挂在脖子上，戴上后能穿越回过去。

赫敏三年级时，魔法部允许她在霍格沃茨使用时间转换器，使她能同时上好几门课。但是一天晚上，她和哈利为了完全不同的目的重新过了三小时……

“‘你是说，’哈利悄声问，‘我们既在柜里，又在外面？’”

要使用时间转换器，佩戴者必须翻转沙漏。沙漏每翻转一次，时间就倒退一小时。

穿越回过去是非常危险的。时间转换器可以从魔法部借用，但是有几百条法律限制它们的使用方式。

哈利、罗恩和赫敏决定日落时去海格的小屋

他们离开门厅，走到外面

哈利、罗恩和赫敏来到海格家

海格的牛奶罐掉在地上，摔得粉碎

哈利、罗恩和赫敏离开海格家，看见巴克比克被绑在园子里的一棵树上

他们遇到了阿尼马格斯形态的小天狼星

卢平变成了狼人

哈利和赫敏追着小天狼星跑向湖边，在那里遭遇了摄魂怪的袭击

哈利看见有人变出一个守护神来赶走摄魂怪

斯内普把失去知觉的哈利、赫敏、罗恩和小天狼星带回了城堡

小天狼星被锁在弗立维的办公室里

哈利和赫敏在校医院里醒来

邓布利多来到校医院，建议他们把之前的三小时重新来过

邓布利多把哈利和赫敏单独留在校医院

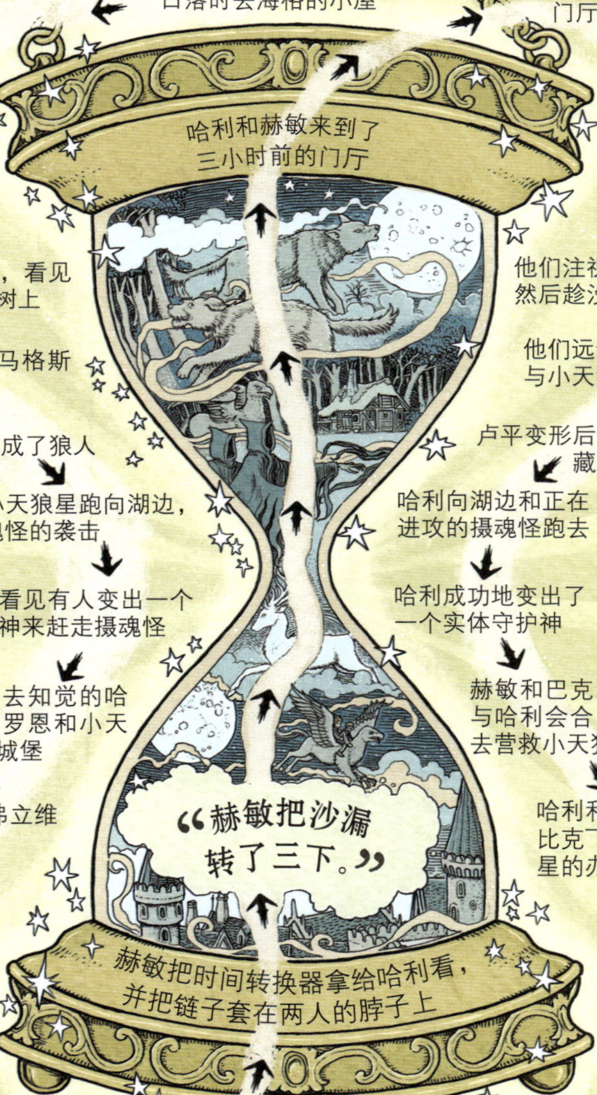

赫敏把时间转换器拿给哈利看，并把链子套在两人的脖子上
“赫敏把沙漏转了三下。”
哈利和赫敏来到了三小时前的门厅

哈利和赫敏躲在门厅旁的一个扫帚柜里

他们来到海格的小屋，藏在屋外，离巴克比克被拴的地方很近

他们听见海格打碎牛奶罐的声音

他们注视着三小时前的自己离开海格家，然后趁没人注意释放了巴克比克

他们远远地看见自己之前与小天狼星相遇的情景

卢平变形后，他们为了躲避他，藏在海格的小屋里

哈利向湖边和正在进攻的摄魂怪跑去

哈利成功地变出了一个实体守护神

赫敏和巴克比克在湖边与哈利会合，等待时机去营救小天狼星

哈利和赫敏骑着巴克比克飞到关押小天狼星的办公室

他们一起飞到西塔楼的塔顶

只剩下十分钟时间了，他们返回了校医院

他们见到了刚刚离开校医院的邓布利多

哈利和赫敏回到各自的病床上

夜晚在继续……

“‘但你们俩都要记住：不能被人看见。’”

阿不思·邓布利多

心智魔法

从被施了魔法的厄里斯魔镜，到窥视他人记忆的能力，心智魔法可以揭示难以洞悉的真相。

“‘沉湎于虚幻的梦想，而忘记现实的生活，这是毫无益处的，千万记住。’”

阿不思·邓布利多

厄里斯 斯特拉 厄赫鲁 阿伊特乌比 卡弗鲁 阿伊特昂 沃赫斯

厄里斯魔镜

“‘它使我们看到的只是内心深处最迫切、最强烈的渴望。你从没有见过你的家人，所以就看见他们站在你的周围。罗恩·韦斯莱一直在他的几个哥哥面前相形见绌，所以他看见自己独自站着，是他们中间最出色的。然而，这面镜子既不能教给我们知识，也不能告诉我们实情。人们在它面前虚度时日，为自己所看见的东西而痴迷，甚至被逼得发疯，因为他们不知道镜子里的一切是否真实，是否可能实现。’”

阿不思·邓布利多

大脑封闭术和摄神取念

大脑封闭术

防止头脑受到外来入侵。是魔法中冷僻的一门，但非常有用，可以使头脑免受魔法的侵扰和影响。

“‘比如说，黑魔王几乎总能看出别人对他说谎。只有擅长大脑封闭术的人才能封住与谎话相矛盾的感觉和记忆，在他面前说谎而不被发现。’”

西弗勒斯·斯内普

摄神取念

是从另一个人的头脑中提取感觉和记忆。会摄神取念的人可以在某些情况下研究别人的头脑，并做出正确的解释。目光接触通常是摄神取念的关键；咒语是“摄神取念”。

“‘把过量的思想从脑子里吸出来，倒进这个盆里，有空的时候再好好看看。你知道，在这种状态下更容易看出它们的模式和彼此之间的联系。’”

阿不思·邓布利多

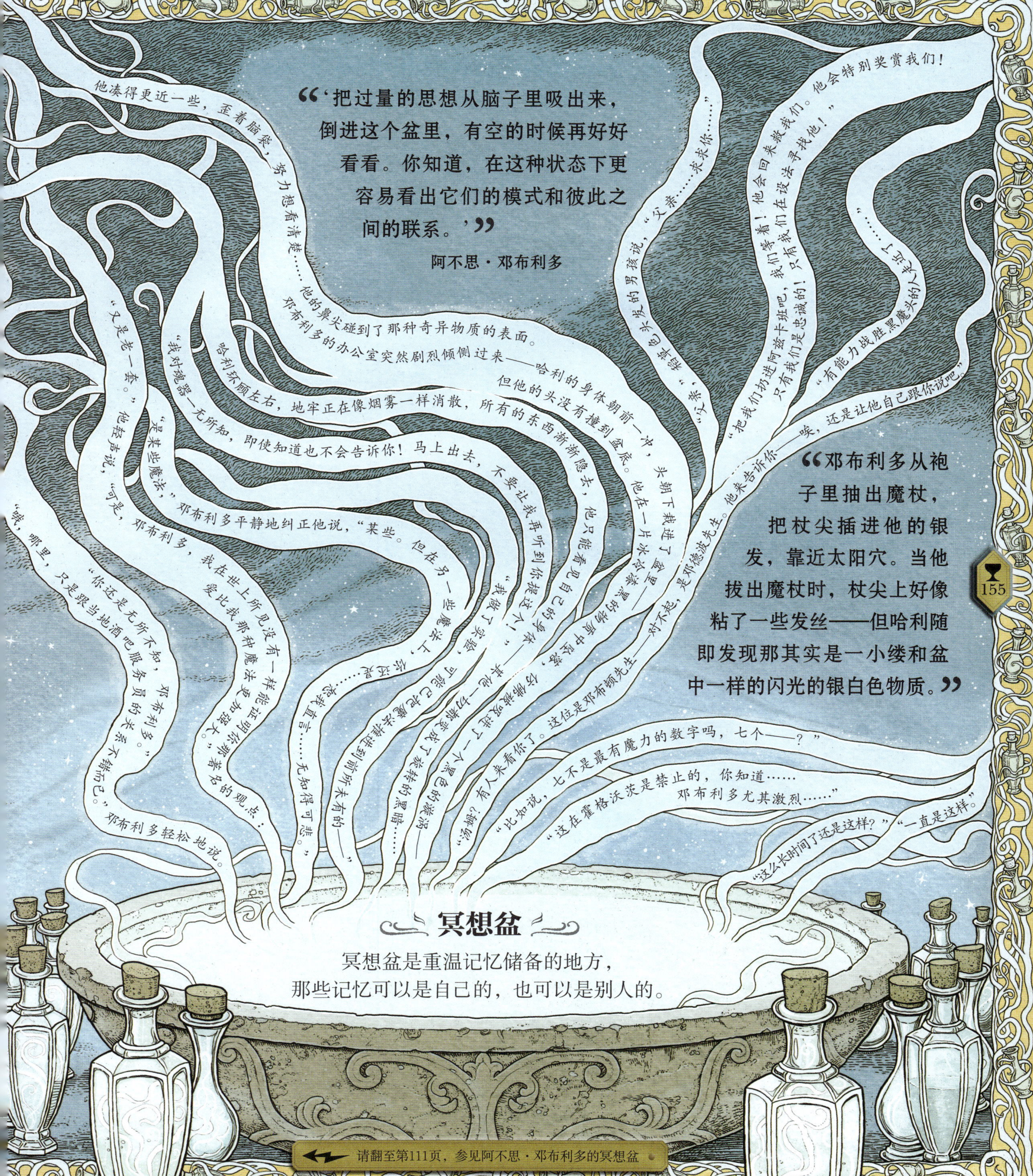
他凑得更近一些，歪着脑袋，努力想看清楚……他的鼻尖碰到了那种奇异物质的表面。
邓布利多的办公室突然剧烈倾侧过来——哈利的身体朝前一冲，头朝下栽进了盆里——
但他的头没有撞到盆底。他在一片冰冷漆黑的雾中坠落，好像被吸进了一个黑色的漩涡——
哈利环顾左右，地牢正在像烟雾一样消散，所有的东西渐渐隐去，他只能看见自己的身体——其它一切都变成了旋转的黑暗……
“我对魂器一无所知，即使知道也不会告诉你！马上出去，不要让我再听到你提这个！”
“是某些魔法，”邓布利多平静地纠正他说，“某些。但在另一些魔法上，你却……恕我直言……无知得可悲。”
“我做了实验，可能已把魔法推进到前所未有的——”
“又是老一套。”他轻声说，“可是，邓布利多，我在世上所见没有一样能证明你那著名的观点：爱比我那种魔法更加强大。”
“你还是无所不知，邓布利多。”
“哦，哪里，只是跟当地酒吧服务员的关系不错而已。”邓布利多轻松地说。
“汤姆？有人来看你了。这位是邓布顿先生——对不起，是邓德波先生。他来告诉你——唉，还是让他自己跟你说吧。”
“父亲，”棕色头发的男孩说，“父亲……求求你……”
“把我们扔进阿兹卡班吧，我们等着！他会回来救我们。他会特别奖赏我们！只有我们是忠诚的！只有我们在设法寻找他！”
“有能力战胜黑魔头的人走近了……”
“比如说，七不是最有魔力的数字吗，七个——？”
“这在霍格沃茨是禁止的，你知道……邓布利多尤其激烈……”
“这么长时间了还是这样？”“一直是这样。”

“邓布利多从袍子里抽出魔杖，把杖尖插进他的银发，靠近太阳穴。当他拔出魔杖时，杖尖上好像粘了一些发丝——但哈利随即发现那其实是一小缕和盆中一样的闪光的银白色物质。”

冥想盆

冥想盆是重温记忆储备的地方，
那些记忆可以是自己的，也可以是别人的。

请翻至第111页，参见阿不思·邓布利多的冥想盆

黑魔法

纵观整个历史，黑魔法的实践者一直都有。其中最著名、最厉害的之一当然是伏地魔。

“‘黑魔法，’斯内普说，‘五花八门，种类繁多，变化多端，永无止境。与它们搏斗，就像与一只多头怪兽搏斗，刚砍掉一个脑袋，立刻又冒出一个新的脑袋，比原先那个更凶狠、更狡猾。你们要面对的是一种变幻莫测、不可毁灭的东西。’”

“‘我被剥离了肉体，比幽灵还不如，比最卑微的游魂还不如……但我还活着。我是什么，到现在我都不知道……我，在永生的路上比谁走得都远。你们知道我的目标——征服死亡。现在经过检验，看来我的那些实验中至少有一两个起了作用……’”

伏地魔

“‘他离开学校后就失踪了……周游四方，足迹遍及天涯海角……在黑魔法的泥潭中越陷越深，和巫师界最邪恶的家伙混迹在一起，经过许多次危险的魔法变形，最后作为伏地魔重新出现，人们已经很难再认出他来。’”

阿不思·邓布利多

食死徒

在第一次巫师战争期间，伏地魔纠集了一批死心塌地的追随者，名为食死徒，他们都集结在黑魔标记的符号下。

每个食死徒的胳膊上都有伏地魔亲手烙下的黑魔标记，用于辨别他们，并把他们召唤到自己身边。

黑魔标记伴随着咒语“尸骨再现”被投向天空；食死徒用它在人群中传播恐怖。

不可饶恕咒

不可饶恕咒有三种；使用其中任何一种，都足以被判在阿兹卡班终身监禁。

魂魄出窍 夺魂咒的咒语；完全控制另一个人

钻心剜骨 钻心咒的咒语；施加酷刑

阿瓦达索命 杀戮咒的咒语；没有破解咒，已知只有一个人从中幸存……

“‘先生，我想问你知不知道……魂器。’斯拉格霍恩僵住了，他的圆脸似乎凹陷下去。他舔舔嘴唇，沙哑地问：‘你说什么？’”

伏地魔在第一次巫师战争中被打败后，他的许多追随者要么躲藏起来，要么声称自己受到夺魂咒的控制，以逃脱为其罪行承担责任。其他人则被判在阿兹卡班终身监禁，等待着他们的黑魔王卷土重来。

“‘你会听见许多食死徒声称他们得到了他的信任，并声称只有他们才能够接近他甚至理解他。其实他们都受了愚弄。伏地魔从来没有一个朋友，而且我认为他从来都不需要朋友。’”

阿不思·邓布利多

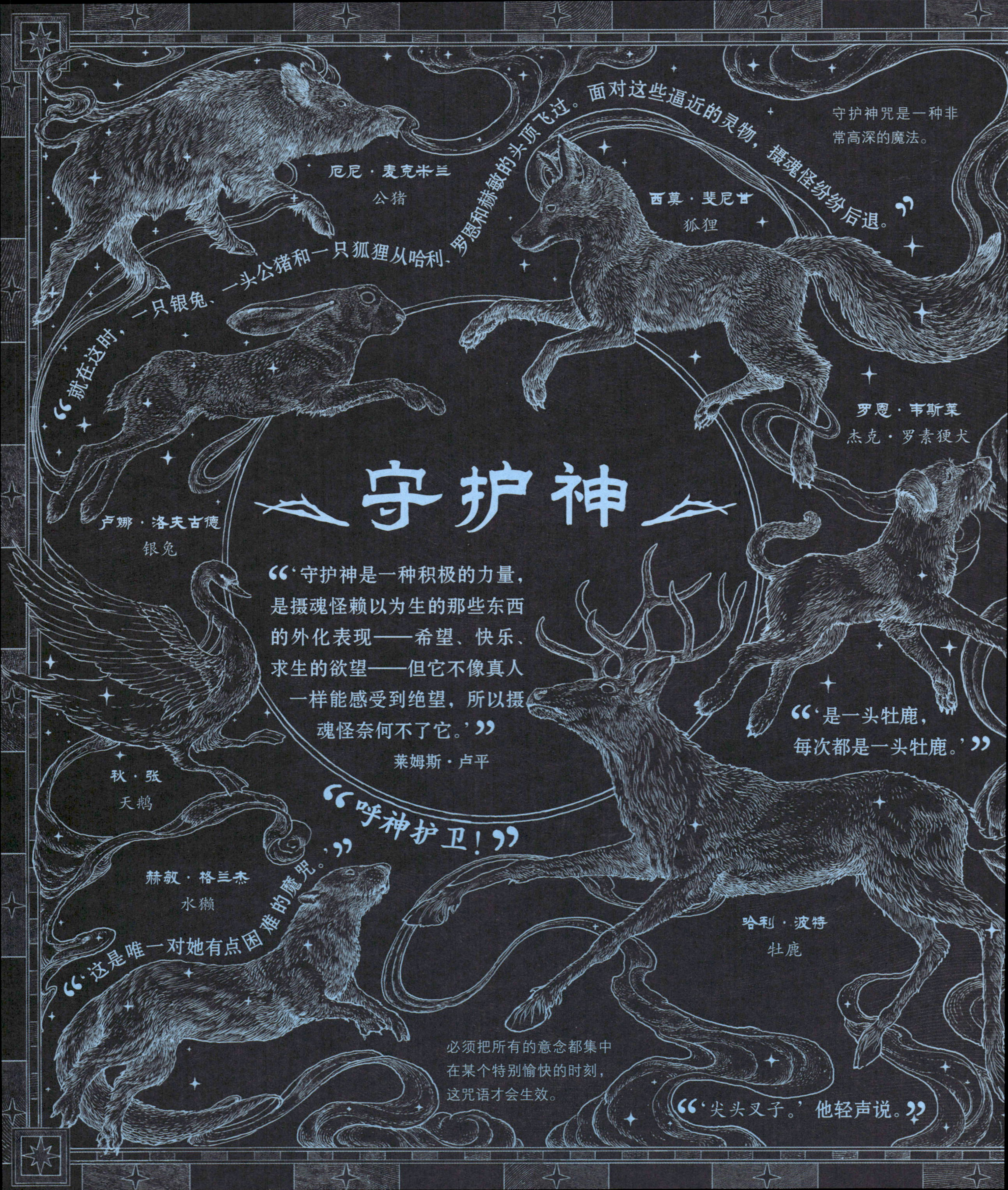

“就在这时，一只银兔、一头公猪和一只狐狸从哈利、罗恩和赫敏的头顶飞过。面对这些逼近的灵物，摄魂怪纷纷后退。”
守护神咒是一种非常高深的魔法。
厄尼·麦克米兰
公猪
西莫·斐尼甘
狐狸
罗恩·韦斯莱
杰克·罗素㹴犬
卢娜·洛夫古德
银兔
守护神
“‘守护神是一种积极的力量，是摄魂怪赖以为生的那些东西的外化表现——希望、快乐、求生的欲望——但它不像真人一样能感受到绝望，所以摄魂怪奈何不了它。’”
莱姆斯·卢平
秋·张
天鹅
“呼神护卫！”
赫敏·格兰杰
水獭
“‘这是唯一对她有点困难的魔咒。’”
“‘是一头牡鹿，每次都是一头牡鹿。’”
哈利·波特
牡鹿
必须把所有的意念都集中在某个特别愉快的时刻，这咒语才会生效。
“‘尖头叉子。’他轻声说。”

“是一头银白色的牝鹿，月光般皎洁明亮，优雅地轻踏地面，依然无声无息，细软的白雪上没有留下丝毫蹄印。”
“变成了一只明亮的银色鼬鼠，它后腿直立，用韦斯莱先生的声音说话了。”
亚瑟·韦斯莱
鼬鼠
并不是所有的巫师都能召唤出一个实体的、形态完整的守护神。有些巫师的守护神只是几缕或几团银白色的雾气。
金斯莱·沙克尔
猞猁
阿不思·邓布利多
凤凰
每一个守护神对召唤出它的巫师来说都是独特的。
“这只猞猁姿态优雅、闪闪发光，轻盈地落在大惊失色的跳舞者中间。”
尼法朵拉·唐克斯
狼
阿不福思·邓布利多
山羊
“‘守护神为什么会变呢？’”
在一位巫师的一生中，其守护神的形态可能会发生变化。
米勒娃·麦格
猫
“杖尖蹿出三只银色的猫，它们的眼睛周围都有眼镜形状的斑纹。”
莱姆斯·卢平
狼

TELEPHONE

6

管理魔法和具有影响力的组织

一瞥魔法世界里几个最重要、最古老的组织。让你的目光顺着魔法部的各个楼层向下移动，做好被神秘事务司迷住的准备。探访圣芒戈魔法伤病医院、古灵阁银行，以及臭名昭著的巫师监狱阿兹卡班。

魔法部

魔法部（M.O.M.）于1707年正式成立，负责管理英国的魔法界。它位于伦敦市中心的地底下，主要职责是保护魔法世界，不让麻瓜们知道它的存在。

魔法部部长

哈利·波特就读于霍格沃茨期间，曾与四位部长打过交道：康奈利·福吉、鲁弗斯·斯克林杰、皮尔斯·辛克尼斯和金斯莱·沙克尔。魔法部的首任部长是尤里克·甘普，他的肖像挂在麻瓜首相的办公室里，用于巫师世界与麻瓜世界之间的紧急联络。

参观魔法部

来宾必须通过大楼顶部的一个电话亭进入：

M→A→G→I→C
6→2→4→4→2

1. 拨打62442
2. 陈述你的姓名和事由
3. 从硬币槽领取一枚银色的来宾徽章
4. 然后电话亭像电梯一样下降到正厅

TELEPHONE

职员们通过正厅的壁炉进入。

当需要额外的安全保障时，职员们必须从一间公共厕所的秘密入口冲水进入。厕所铺着肮脏的黑白瓷砖，但入口证明币是金色的。

“‘在傲罗培训时，我根本不用学习就得到了隐藏和伪装的最高分，这可真棒。’”

尼法朵拉·唐克斯

傲罗

傲罗负责捕捉黑巫师。
想要成为一名傲罗必须：

- N.E.W.T.成绩至少有五门达到“良好”或以上；推荐科目包括黑魔法防御术、变形术、魔咒学和魔药学
- 通过严苛的性格和才能测试，包括实用防御技能和良好的抗压反应
- 参加三年的额外培训和考试，内容包括隐藏与伪装，潜行与跟踪

其他的魔法法律执行队伍还有魔法法律执行巡逻队、狼人捕捉分队和打击手。

威森加摩

威森加摩是巫师高等法院，存在的时间比魔法部还要长。如今，它既是法院也是议会。成员们穿着饰有银色“W”的紫红色长袍，遵守《威森加摩权利宪章》，对涉嫌违反巫师法律的人进行审判。阿不思·邓布利多拥有首席魔法师的头衔。

喷出滚烫
茶水的茶壶
会缩小的
钥匙
夹在你鼻子
上的糖钳
会咬人的水壶
污水回涌
的马桶

滥用麻瓜物品

对麻瓜日常物品施以魔法并加以使用是违法的，因为会导致魔法被发现。亚瑟·韦斯莱在禁止滥用麻瓜物品办公室碰到过各种被施魔法的物品。

梅林爵士团

自十五世纪以来，
梅林爵士团勋章一直由威森加摩授予。

一级

展现过人的勇气
或杰出的魔法

- **阿不思·邓布利多**，击败黑巫师格林德沃
- **康奈利·福吉**，在职业生涯中表现出色（自己授予）
- **阿克图勒斯·布莱克**，原因不明（碰巧是在借给魔法部大量黄金之后）
- **小矮星彼得**，协助逮捕小天狼星布莱克

二级

获得非凡成就
或付出异常努力

- **纽特·斯卡曼德**，在神奇动物研究即神奇动物学方面的贡献

三级

对我们的知识或
娱乐储备做出贡献

- **吉德罗·洛哈特**，在文学领域取得令人难以置信的成就

- **达摩克利斯·贝尔比**，发明狼毒药剂（勋章等级不详）

法律的维护者

“‘这是一起意外事故！我们不会因为谁吹胀了姑妈就把他送进阿兹卡班的！’”

康奈利·福吉

魔法部自成立以来颁布了许多法律和法令：

国际保密法

（1689年首次签署，在英国由魔法部监督）

1994年魁地奇世界杯上出现了大量违规行为，许多人试图“完全按照麻瓜的标准着装”，包括一件温布恩黄蜂队的队服和一件搭着及膝套鞋的粗花呢西装

禁止私人使用无痕伸展咒的法律

赫敏·格兰杰因为给一个小提包施咒而违法

对未成年巫师加以合理约束法

据称哈利·波特是因为使用悬停咒而违法；实际上哈利·波特是因为吹胀了玛姬·德思礼而违法的

禁止为实验目的而饲养

（由纽特·斯卡曼德于1965年促成）

有人因为研制出一只喷火的鸡而违法

禁止对麻瓜物品施魔法的法律

亚瑟·韦斯莱搞出一辆会飞的汽车时没有违法，因为法律有一个漏洞，只要他并未打算使用这辆车飞行就不算违法（但他实际上使用了一个无痕伸展咒）

HOW 777

翻至第111页，了解阿不思·邓布利多的梅林爵士团勋章

参观魔法部

来宾入口
WANTED
SIRIUS BLACK

魔法部部长有时会通过肖像或飞路网与麻瓜首相交流。没有一个麻瓜首相会承认这点。

1 魔法部部长办公室

1. 魔法部部长办公室
2. 后勤处

“‘你从我的角度看一看吧……我压力很大呀。必须做点什么让人看到才行。’”

康奈利·福吉　魔法部部长

2 魔法法律执行司

3. 傲罗指挥部
4. 扫帚间
5. 禁止滥用麻瓜物品办公室
6. 威森加摩管理机构
7. 禁止滥用魔法办公室

“‘当然，这很难让人相信，因为没有一个麻瓜会承认自己的钥匙越缩越小。’”

亚瑟·韦斯莱

禁止滥用麻瓜物品办公室

3 魔法事故和灾害司

8. 逆转偶发魔法事件小组
9. 记忆注销指挥部
10. 错误信息办公室
11. 麻瓜问题调解委员会

记忆注销员经过特殊培训，对那些可能注意到巫师活动的麻瓜们使用遗忘咒，消除或修改他们的记忆。

4 神奇动物管理控制司

12. 野兽办公室
    - 火龙研究与限制局
    - 狼人捕捉分队
    - 狼人登记处
    - 食尸鬼别动队
    - 马人联络办公室*
    - 害虫咨询处
13. 异类办公室
    - 家养小精灵重新安置办公室
    - 狼人支援服务科
    - 妖精联络处
14. 幽灵办公室

* 从未使用过

5 国际魔法合作司

15. 国际魔法贸易标准协会
16. 国际魔法法律办公室
17. 国际巫师联合会英国分会

“‘我们准备按标准检验坩埚的厚度。’”

珀西·韦斯莱

国际魔法合作司

翻至第49页，了解幻影显形

6

魔法交通司

18 飞路网管理局
19 飞天扫帚管理控制局
20 门钥匙办公室
21 幻影显形测试中心

所有的门钥匙都必须经过批准方可使用

没有证书就擅自幻影显形是违法的

必须年满十七岁才具有资格

7

魔法体育运动司

这个部门协助举办了三强争霸赛。

22 不列颠和爱尔兰魁地奇联盟指挥部
23 官方高布石俱乐部
24 滑稽产品专利办公室

“‘这一切终于在霍格沃茨发生了，是吧，这里比办公室精彩有趣得多！’”

卢多·巴格曼

魔法体育运动司司长

8

被施了魔法的地下窗户

“‘魔法维修保养处决定我们每天是什么天气。上次我们这里刮了两个月的飓风，因为他们想涨工资……’”

亚瑟·韦斯莱

部门之间传递消息的字条，在大楼里飞来飞去

正厅

25 安检台
26 魔法兄弟喷泉

魔法兄弟喷泉的所有收益均捐献给圣芒戈魔法伤病医院。

9

神秘事务司

“他踏入了一条点着火把的石廊，与上层铺着地毯的镶着木板壁的过道截然不同。升降梯当啷当啷开走了，哈利微微打了个寒战，望着远处那扇标着神秘事务司入口的黑门。”

10

审判室

审判室很少使用，只能通过楼梯进入。

27 第十审判室

威森加摩坐在第十审判室最高的几条板凳上。座位足够容纳大约五十名审判人员。

受审期间，一把施了魔法的椅子把危险的罪犯用链条捆绑住。

神秘事务司

魔法部的第九层是一个令人感到好奇的地方，被称作“缄默人”的职员们在这里研究最深奥的魔法秘密。

“这里的每样东西都是黑的，包括地面和天花板。周围的黑墙上镶嵌着许多黑门，全都一模一样，没有标记，也没有把手。门与门之间点缀着几支蜡烛，火苗是蓝色的，摇曳的冷光投在锃亮的大理石地面上，使人觉得脚下是黝黑的水面。”

圆形房间

“那些东西闪着诡异的光，在绿色液体的深处漂来漂去，忽隐忽现，看上去就像黏糊糊的花椰菜。”

大脑屋

“帷幔仍在轻轻摇摆，似乎有人刚刚从中穿过。”

死刑厅

“‘神秘事务司里有一个房间……一直锁着。那里面存放着一种力量，一种比死亡、人类智慧和自然力量更奇妙、更可怕的力量。它大概也是那里的许多学科中最神秘的一门。关在那个房间里的那种力量，你拥有很多，而伏地魔根本没有。’”

阿不思·邓布利多

上锁的门

“在罩子里闪闪发亮的气流中，飘浮着一个小小的、宝石般明亮的蛋。它在罩子里浮起，裂开，一只蜂鸟出现了，被托到罩子顶部。可是碰到那股气流后，它的羽毛就变得脏兮兮、湿漉漉的了；等它被送回罩子底部时，便又被包进了蛋壳里。”

时间屋

“他们进去了，他们找到了：这里像教堂一样高，里面摆满了高高的架子，架子上是许多小小的、灰扑扑的玻璃球。”

预言厅

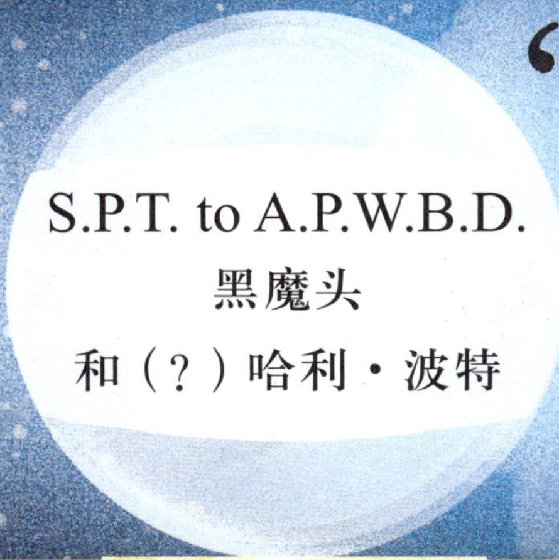
S.P.T. to A.P.W.B.D.
黑魔头
和（?）哈利·波特

“其他人都聚拢在哈利身边，注视着圆球，哈利拂去了它上面的积尘。”

第九十七排

圣芒戈
魔法
伤病
医院
五楼
咒语伤害科
去不掉的魔咒、恶咒、错误使用的魔咒等
六楼
商店
茶室
三楼
奇异病菌感染科
龙痘疮、消失症、淋巴真菌炎等传染病
四楼
药剂和植物中毒科
皮疹、反胃、大笑不止等
厄克特·拉哈罗
1612—1697

"危险的"
戴伊·卢埃林
病房：
重度咬伤
主治疗师：
希伯克拉特·斯梅绥克
实习治疗师：
奥古斯都·派伊
二楼
生物伤害科
蜇咬、灼伤、
嵌刺等
解药
不可乱用，
需经合格
治疗师认可
戴丽丝·德文特
圣芒戈治疗师
（1722—1741）
霍格沃茨
魔法学校校长
（1741—1768）
干净坩埚
防止魔药
变毒药
淘淘有限公司
百货商店
停业装修
暂停营业
一楼
器物事故科
坩埚爆炸、
魔杖走火、
扫帚碰撞等
如果不知去哪一科，不能正常说话，或不记得为何事而来，我们的接待员愿意帮忙。

二十九个铜纳特合一个银西可
古灵阁
巫师银行
“请进，陌生人，不过你要当心
贪得无厌会是什么下场，
一味索取，不劳而获，
必将受到最严厉的惩罚，
因此如果你想从我们的
地下金库取走
一份从来不属于你的财富，
窃贼啊，你已经受到警告，
当心招来的不是宝藏，
而是恶报。”
众所周知，古灵阁坐落于对角巷
游客可以在这把麻瓜货币兑换成巫师的货币
要前往金库，客户必须携带钥匙（如果有的话），并被护送至银行地底深处的隧道中，金库就隐藏在那里
十七个银西可合一个金加隆
“‘据说那些防范最严密的金库都由火龙把守着。要到那里还得先找到路——古灵阁在伦敦地下好几百英里的地方呢，明白吗？比地铁还要深。如果你真有办法偷到了一点东西，恐怕在找到出来的路之前，你早就饿死了。’”
鲁伯·海格
韦斯莱家的金库
“眼前是一道狭窄的石廊，燃烧的火把将它照得通明。石廊是一道陡峭的下坡，下边有一条小铁路。拉环吹了一声口哨，一辆小推车沿着铁道朝他们猛冲过来。他们爬上车——海格可费了不少劲——就出发了。”
“拉环打开门锁。一股浓浓的绿烟从门里冒了出来，浓烟散尽之后，哈利倒抽了一口气。里边是成堆的金币、银币和堆积如山的青铜币。”

波特家的金库
小天狼星布莱克的金库
防贼瀑布
瀑布会洗掉所有的魔咒和魔法伪装，便于抓住冒名顶替者
魔法石
713
“‘往后站。’拉环郑重其事地说。他伸出一根长长的手指轻轻敲门，那门竟轻轻地一点一点地消失了。”
莱斯特兰奇家的金库
古灵阁非法闯入事件最新报道
有关七月三十一日古灵阁非法闯入事件的调查仍在进行。普遍认为这是不知姓名的黑巫师所为。
古灵阁的妖精们今日再度强调未被盗走任何物品。被闯入者搜过的地下金库事实上已于当日早些候提取一空。
一位古灵阁妖精发言人今日后表示：金库中究竟存放何物，奉告，请勿干预此事为好。
最古老巫师家族的财物储存在最深的一层，那里的金库最大，并且保护最好

阿兹卡班监狱

在北海中央，矗立着巫师监狱阿兹卡班堡垒，这里关押着魔法世界里一些最臭名昭著的人。

“‘那座堡垒建在茫茫大海中一个孤零零的小岛上，其实并不需要高墙和海水把人关住，因为犯人都被囚禁在自己的脑子里，无法唤起一丝快乐的念头。大部分人几星期之后就疯了。’”

莱姆斯·卢平

阿兹卡班所在的那座北海的小岛从未出现在任何地图上，无论是麻瓜地图还是魔法地图

阿兹卡班自十五世纪以来就存在了，最初里面住着一位鲜为人知的巫师埃克里兹迪斯，他是最邪恶的黑魔法的实践者

埃克里兹迪斯死后，阿兹卡班周围的隐藏咒消失，魔法部发现了它的存在

官员们意识到堡垒里到处都是摄魂怪，它们被那里由黑魔法带来的种种痛苦所吸引，之后这座岛被遗弃了很多年

《国际保密法》于1692年实施后，一位十八世纪的魔法部部长达摩克利斯·罗尔决定把阿兹卡班用作一座偏远而隐蔽的巫师监狱，并利用摄魂怪充当监狱的看守

阿兹卡班的摄魂怪

“‘摄魂怪是世上最丑恶的东西之一。’”

莱姆斯·卢平

“在应该长眼睛的地方只有结着灰痂的薄皮，蒙在空洞洞的眼窝上。但是有嘴……一个不成形的大洞，吸吮着空气，发出临死的人才发出的那种咯咯的喉音。”

“‘只要有几百个人关在那里，让它们把所有的快乐都吸走，它们才不在乎谁有罪谁没罪呢。’”

鲁伯·海格

- 摄魂怪是阿兹卡班监狱的看守；它们在黑暗肮脏的地方蓬勃生长，从周围人的绝望中获得滋养
- 它们没有视力，通过吞噬别人的情感缓缓地前行，吸干周围环境中的安宁、希望和快乐
- 摄魂怪不会被诡计、伪装甚至隐形衣所蒙骗
- 与摄魂怪待在一起太久会耗尽巫师的魔法力量，并且几乎总会导致他们陷入疯狂
- 任何人在摄魂怪面前都会感到寒冷彻骨，听到咯咯作响的呼吸声，闻到一股腐烂的恶臭味；很少有人见过摄魂怪的脸，因为它们总是披着一件带兜帽的斗篷，只在执行一个吻时才把斗篷摘下
- 吻是摄魂怪的终极武器，它执行时会用下巴压在受害者的嘴上，然后吸出他们的灵魂

（已知的）越狱事件

根据魔法部的官方说法，阿兹卡班几乎没有发生过越狱事件。然而，就连魔法部也无法掩盖1993年小天狼星布莱克独自完成的那次最大胆、最恶名远扬的越狱。

“‘阿兹卡班还从来没发生过越狱的事呢，是不，厄恩？真不明白他是怎么得手的。’”

斯坦·桑帕克

布莱克仍然在逃

魔法部今天证实，小天狼星布莱克仍然逍遥法外，他大概是阿兹卡班监狱关押过的最臭名昭著的囚徒。

“我们正竭尽全力将布莱克重新捉拿归案，”魔法部部长康奈利·福吉今天早晨说，“恳请魔法界保持镇静。”

国际巫师联合会的一些成员指责福吉将这场危机通报给了麻瓜首相。

“说实在的，你们也知道，我这是没有办法，”福吉恼怒地说，“布莱克是个亡命徒。不管是魔法师还是麻瓜，谁碰到他都会有危险。我要求首相保证，决不把布莱克的真实身份透露给任何人。说句实话——即使他透露出去，又有谁会相信呢？”

打败摄魂怪的唯一办法是施守护神咒；翻至第158页，了解更多内容

“‘由邓布利多负责，是他创建的。社团里都是上次跟神秘人做斗争的一些人。’”

赫敏·格兰杰

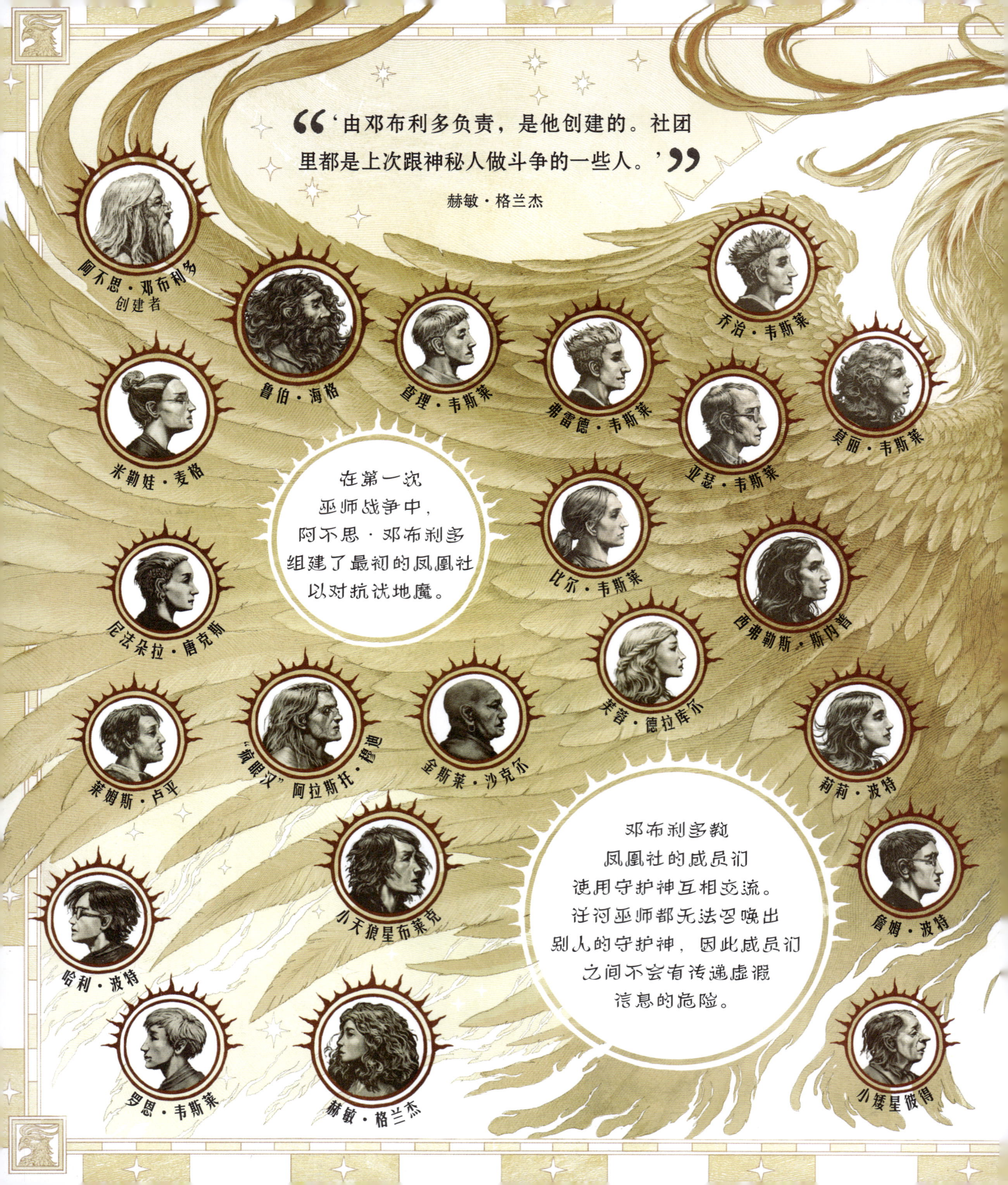

阿不思·邓布利多
创建者
鲁伯·海格
查理·韦斯莱
弗雷德·韦斯莱
乔治·韦斯莱
米勒娃·麦格
亚瑟·韦斯莱
莫丽·韦斯莱
比尔·韦斯莱
尼法朵拉·唐克斯
西弗勒斯·斯内普
芙蓉·德拉库尔
莱姆斯·卢平
“疯眼汉”阿拉斯托·穆迪
金斯莱·沙克尔
莉莉·波特
小天狼星布莱克
詹姆·波特
哈利·波特
罗恩·韦斯莱
赫敏·格兰杰
小矮星彼得

在第一次巫师战争中，阿不思·邓布利多组建了最初的凤凰社以对抗伏地魔。

邓布利多教凤凰社的成员们使用守护神互相交流。任何巫师都无法召唤出别人的守护神，因此成员们之间不会有传递虚假信息的危险。

凤凰社

重组后的凤凰社有老成员和新成员，但只由达到一定年龄的巫师组成。

阿不思·邓布利多是凤凰社的保密人；没有人能找到凤凰社的指挥部，除非邓布利多亲自告诉他们在哪里。

三强争霸赛的赛事结束约一小时后，邓布利多重新召集了凤凰社。

本吉·芬威克
艾丽斯·隆巴顿
蒙顿格斯·弗莱奇
弗兰克·隆巴顿
阿拉贝拉·费格
费比安·普威特
多卡斯·梅多斯
爱米琳·万斯
吉迪翁·普威特
卡拉多克·迪尔伯恩
马琳·麦金农
阿不福思·邓布利多
埃德加·博恩斯
斯多吉·波德摩
德达洛·迪歌
埃非亚斯·多吉
海丝佳·琼斯

翻至第80页，了解凤凰社指挥部的更多内容

7

神奇动物、魔法生物和植物

麻瓜看不到的那个自然界是危险、壮观、不断令人惊奇的。在这一章中，等待着你的是一整座由种种巫师宠物、有害动物、火龙和水生生物组成的魔法动物园。学习草药学和保护神奇动物课，了解在世界上的什么地方能找到各种形态和大小的神奇动物。那些内心勇敢的人甚至可能还想知道禁林的神秘阴影中隐藏着什么……

两只巨大的紫色蟾蜍

有毒的橘色蜗牛

吵吵闹闹的渡鸦

巫师宠物

“‘你觉得能做一次长途飞行吗？’”

海德薇

主人

哈利·波特

“‘孩子们都喜欢猫头鹰，它能替你送信，送包裹。’”

鲁伯·海格

海格送给哈利的礼物，购于咿啦猫头鹰商店
哈利在《魔法史》中找到了“海德薇”这个名字
霍格沃茨唯一的一只雪鸮

各种颜色的猫

洛丽丝夫人

主人

阿格斯·费尔奇

在霍格沃茨的走廊里来回巡视

赫敏在对角巷的神奇动物商店里找到了它
喜欢追逐蜘蛛、老鼠、地精和飞贼
一半是猫，一半是猫狸子，非常聪明，能识别阿尼马格斯

克鲁克山

主人

赫敏·格兰杰

“‘雏菊、甜奶油和阳光，把这只傻乎乎的肥老鼠变黄。’”

斑斑

主人

罗恩·韦斯莱

以前是珀西的宠物
从没有表现出一丝一毫有趣的本事

“‘聪明的克鲁克山，这是你自己抓住的吗？’”

神奇动物商店　一家位于对角巷的宠物商店。哈利在这里看到了……

霍格沃茨允许带哪些宠物？请翻至第19页寻找答案

一只可以变成绸缎高帽的胖乎乎的白兔子

火螃蟹的壳上镶满了珠宝

火光一闪，就能瞬间从一个地方移动到另一个地方

像大多数凤凰一样，福克斯性情温柔，非常害羞

会采取行动保护邓布利多和所有忠诚于他的人

福克斯

伙伴

阿不思·邓布利多

“‘凤凰真是十分奇特而迷人的生命。它们能携带非常沉重的东西，它们的眼泪具有疗伤的作用，而且它们还是特别忠诚的宠物。’”

是纳威的阿尔吉叔爷送给他的礼物，祝贺他进入霍格沃茨

纳威总是把它弄丢，甚至在第一次乘坐霍格沃茨特快列车时就弄丢过

莱福

主人

纳威·隆巴顿

“‘喂，快回来，莱福！’”

弗雷德和乔治为韦斯莱魔法把戏坊培育的

金妮的侏儒蒲

阿囡

主人

金妮·韦斯莱

金妮给它起的名字；罗恩想改名，但已经来不及了

小天狼星送的礼物，小到可以放在手掌里

喜欢绕着人的脑袋疾飞，发出刺耳的尖叫

朱薇琼

主人

罗恩·韦斯莱

“‘闭嘴，小猪。’”

埃罗尔

主人

韦斯莱一家

送信过程中容易昏倒

韦斯莱家的老猫头鹰

赫梅斯

主人

珀西·韦斯莱

珀西的长耳猫头鹰

成为级长后收到的礼物

油光水滑的黑老鼠

一团蛋奶糕颜色的蒲绒绒

家里的害虫

对付巫师界常见的害虫有很多种办法（参见《吉德罗·洛哈特教你清除家里的害虫》）。不过在比较极端的情况下，可能需要请魔法部的神奇动物管理控制司（害虫分所）来处理。

能发出刺耳的叽叽喳喳声，只有其他小精灵才能够领会

“只有弗雷德、乔治、哈利和罗恩知道圣诞树顶上的小天使其实是一个花园小地精。弗雷德在拔圣诞晚餐用的胡萝卜时被这个小地精咬了脚脖子。”

多见于英格兰的康沃尔郡
喜欢耍各种各样的鬼把戏，搞五花八门的恶作剧
小精灵
“佩斯奇皮克西　佩斯特诺米”这个魔咒对付起小精灵来完全不管用
没有翅膀，但可以飞行；喜欢揪住那些没有防备的人的耳朵把他们提起来，然后扔到树梢和屋顶上

抓住地精后，将它绕着圈儿旋转，直到把它转晕，然后扔出花园的墙外
分布在北欧和北美各国的一种常见有害花园小动物
地精
全名是花园工兵精
会被土扒貂追赶，后者很像长得过大的白鼬，时不时地嚷几句粗话

“它们抓起墨水瓶朝全班乱泼，把书和纸撕成碎片，扯下墙上贴的图画，把废物箱掀了个底朝天，又把书包和课本从破窗户扔了出去。几分钟后，全班同学有一半躲到了桌子底下，纳威在枝形吊灯上荡着。”

翻至第82页，查看陋居外的更多地精

有两排有毒的牙齿

可借助狐媚子灭剂驱逐，狐媚子灭剂可使其暂时麻痹

以侵扰巫师住宅著称

一次可以产下五百枚卵，然后把卵埋起来

狐媚子

有时候称作咬人仙子

毛螃蟹

在没洗净的坩埚里安身，饱食残留在坩埚上的药剂

成群寄生在燕尾狗和卜鸟这些动物的皮毛和羽毛当中

糟蹋魔杖之类的魔法物件

身高最多只有二十分之一英寸

在没有魔法的情况下，它会受到麻瓜的电流吸引，这是许多比较新的麻瓜电器出现故障的常见原因

受魔法吸引的寄生虫

博格特

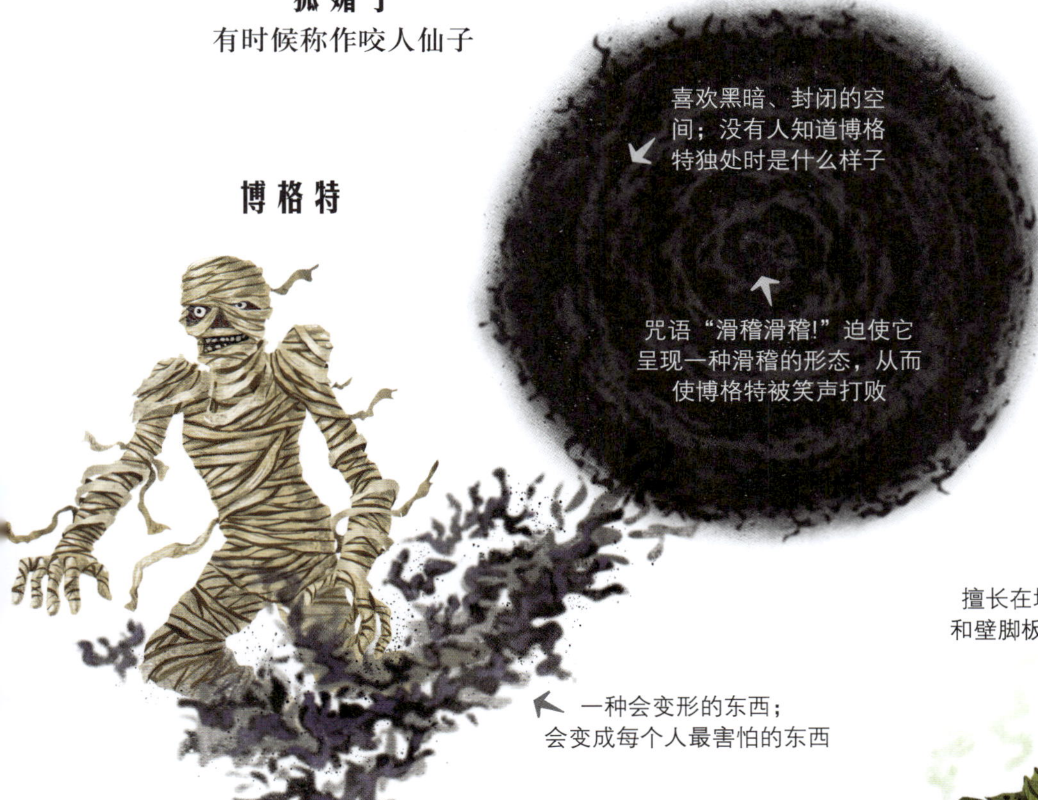

喜欢黑暗、封闭的空间；没有人知道博格特独处时是什么样子

咒语“滑稽滑稽!”迫使它呈现一种滑稽的形态，从而使博格特被笑声打败

一种会变形的东西；会变成每个人最害怕的东西

“‘我希望大家现在都花点时间考虑考虑你们最害怕什么，然后想象一下怎样才能让它变得滑稽可笑……’”

莱姆斯·卢平

擅长在地板下面和壁脚板后面爬行

以灰尘为食

可用除垢咒清理

一股东西腐烂发出的恶臭

寄生在住宅中；会腐蚀住宅的地基

斑地芒

挪威脊背龙

火龙

“在所有的神奇动物中，火龙很可能是最有名也最难藏匿的动物之一。”

赫布里底群岛黑龙

比威尔士绿龙好斗
一条火龙需要一百平方英里的领地
身长可达三十英尺

以山羊、绵羊为食，但任何时候只要有可能，它也吃人
喷火距离可达五十英尺

澳洲蛋白眼

很少有杀戮行为，除非肚子饿的时候
居住在山谷里，而不是在山上
体重大约在两至三吨之间

瑞典短鼻龙

喷出的火焰可以在瞬息之间将木材和骨头化为灰烬
喜爱居住在无人的荒凉山区

中国火球龙

因喷出的蘑菇状火球而得名
有时候被称作狮龙
体重在两至四吨之间
和多数火龙相比，它比较能够忍受自己的同胞

为了自身的安全请注意：

这些龙不是按比例绘制的

匈牙利树蜂
大概是所有火龙
中最危险的一种
犄角可以抵死
猎物，然后再
将猎物烤熟
为保护其数量，
已将其列为集中
培育计划的主要
对象
罗马尼亚长角龙
很容易识别，
吼叫声优美动听
普通威尔士
绿龙
将巢穴建在威
尔士的高山上
体型最小的火龙，
体长仅十五英尺左右
喜欢以山羊和
奶牛为食，但是
对人也特别喜欢
秘鲁毒牙龙
飞行速度
最快的火龙
非常非常危险，
从空中落地时，可以
把住宅压成齑粉
飞行的速度较慢
会攻击大多数大型
陆地哺乳动物，也
吃水中的生物
脊背龙幼崽的喷火能
力发展较早（出生后
一至三个月之间）
乌克兰铁肚皮
体型最大的火龙，
体重可达六吨
挪威脊背龙

霍格沃茨的湖

“‘人鱼女首领默库斯把湖底下发生的一切原原本本告诉了我们，我们决定在满分为五十分的基础上，给各位勇士打分如下……’”

卢多·巴格曼

人鱼

也称作塞壬、塞尔基和麦罗

世界各地都有，生活在高度组织化的群体中

最早记载的人鱼被称作塞壬（希腊）

格林迪洛

水怪

既攻击麻瓜也攻击巫师，已被人鱼驯服

长着非常长的手指，抓东西时颇为有力

巨乌贼

彩球鱼

人鱼把彩球鱼当作祸害，会将其富有弹性的腿打成结，彩球鱼便会顺水漂流而去，直到自己将结解开才能回来

会啃咬游泳者的脚和衣服

在湖底巡行寻找食物，特别喜欢水蜗牛

海洋

火螃蟹

原产于斐济

受到攻击的时候，屁股会喷出火焰

软爪陆虾

主要活动在欧洲多岩石的海岸

一旦被软爪陆虾咬伤，会在一星期内处处碰壁，倒霉透顶

莫特拉鼠

吃甲壳纲动物，以及那些踩到它身上的蠢蛋的脚

生活在不列颠沿海地区

拉莫拉鱼

有很强的魔力，能够固定住海船，是水手的守卫

可见于印度洋

希拉克鱼

鳍刺会撕破渔网

可见于大西洋

是为了报复麻瓜渔民而创造出来的，那些渔民曾在十九世纪侮辱过一队出海航行的巫师

水生生物

海蛇

可见于大西洋、太平洋和地中海

虽然麻瓜们异想天开地记述过它们的残暴行为，但它们从未杀害过任何人

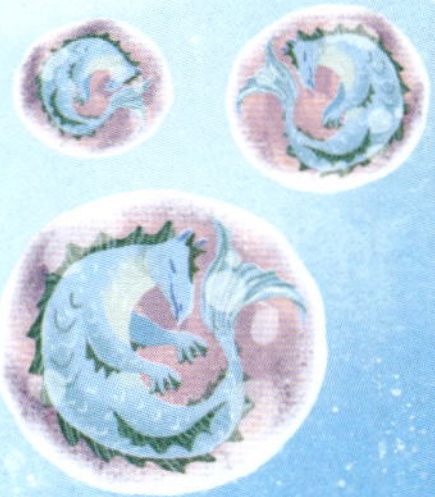

马头鱼尾海怪

原产于希腊，在地中海中可以经常见到

产的卵很大，半透明，透过它可以看到小马头鱼尾海怪

洛巴虫

人鱼使用洛巴虫做武器

可见于北海海底

洛巴虫受到威胁时，会用毒液驱赶攻击者

河流

河流巨怪

力大无穷，但又愚蠢透顶

从野生动物到人，都是它猎获的对象

可见于斯堪的纳维亚半岛、英国、爱尔兰和北欧

体重达一吨有余

卡巴

日本水怪

如果被诱骗鞠躬，卡巴头顶上空洞里的水就会流出来，这会让它失去所有的力气

主要吸食人血，但是如果向它扔一根刻着自己名字的黄瓜，它也许就不会伤害你

马形水怪

英国和爱尔兰的水怪

世界上最大的马形水怪是在苏格兰的尼斯湖中发现的

能够变出各种各样的形态，最常以马的形态出现，披着宽叶香蒲草充当鬃毛

引诱粗心大意的人骑到它背上，然后一头扎进河流或湖泊的水底

你能在第39页找到那头著名的马形水怪吗？

它们会在地底下挖掘，寻找宝藏

嗅嗅会被所有闪闪发光的东西吸引

保护神奇动物课

“海格站在小屋门口等同学们。他穿着那件鼹鼠皮大衣，大猎狗牙牙站在他的脚边，似乎迫不及待地想要出发。”

妖怪们的妖怪书

要想打开《妖怪们的妖怪书》，需要抚摸它们一下

如何与鹰头马身有翼兽打交道

走向鹰头马身有翼兽。
用眼神交流。尽量不要眨眼。

鞠躬。等待鹰头马身有翼兽鞠躬回礼。

现在可以拍拍鹰头马身有翼兽了。

骑鹰头马身有翼兽时，
要爬到翅膀关节的后面。
千万不要拔它的羽毛。

抓牢

最喜欢的食物

鹰头马身有翼兽：昆虫、鸟类和小型哺乳动物，如白鼬

护树罗锅：土鳖、昆虫或仙子蛋（如果能弄到的话）

弗洛伯毛虫：生菜，但要避免喂得过多

火蜥蜴：火焰；如果给它们喂胡椒，它们最多能离开火存活六小时

夜骐：生肉；被血的味道吸引

神符马：单一麦芽威士忌

炸尾螺：具体不详；试试蚂蚁蛋、青蛙肝、翠青蛇、龙肝或火蜥蜴蛋

和嗅嗅一起挖宝藏

你可以在矿井里找到它们

炸尾螺观察课题

目的：将炸尾螺从幼年饲养至成年。学生们必须给它们喂食，带它们散步，并设法让它们冬眠

挑战：炸尾螺不断攻击学生和互相残杀

炸尾螺的来源：海格不肯说

魔法属性：未知

防御机制：会爆炸的尾端，蜇刺，吸盘

个头：刚孵化时身长六英寸，成年后可达十英尺

炸尾螺计数

九月：刚开始孵出好几百只

十一月：还剩二十只

十二月：减至十只

春天：仅存两只炸尾螺……

“‘它们长得大极了，现在每条准有三英尺长呢。只有一个问题，它们开始互相残杀了。’”

海格教授

把你的贵重物品都拿走，然后再把它们放出来

魔法部将所有的野兽、异类和幽灵分成了五类

或者海格喜欢的

XXXXX 已知的杀害巫师的动物／不可能驯养或驯服的

XXXX 危险的／需要专门的知识／熟练的巫师才可以对付

XXX 有能力的巫师可以应付

XX 无害的／可以驯服的

X 令人乏味

独角兽

“‘独角兽喜欢女性的抚摸。女生们站在前面，小心地接近它，过来，放松点儿……’”

格拉普兰教授

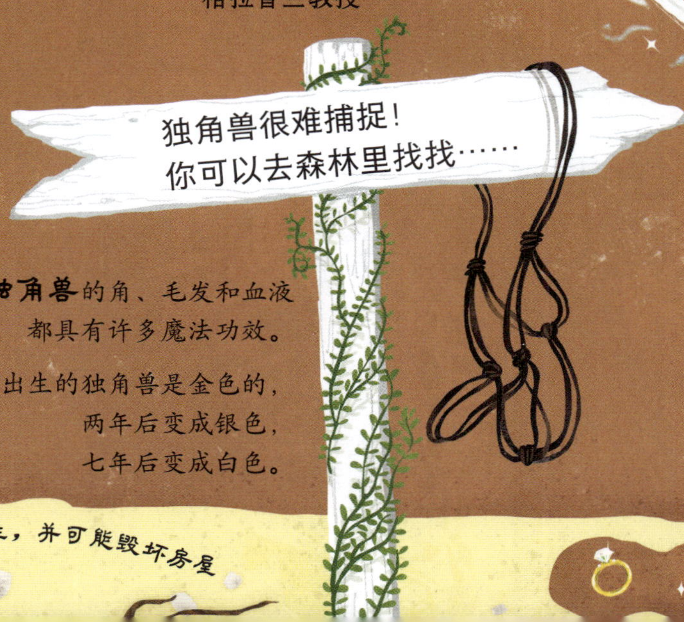
独角兽很难捕捉！
你可以去森林里找找……

独角兽的角、毛发和血液都具有许多魔法功效。

刚出生的独角兽是金色的，两年后变成银色，七年后变成白色。

它们的挖掘可能具有破坏性，并可能毁坏房屋

海格的宠物

又能烧人，又能蜇人，还能咬人，这样的宠物谁不想要呢？

路威

三头巨犬

“‘是啊——它是我的——是从我去年在酒店认识的一个希腊佬儿手里买的——我把它借给邓布利多去看守——’‘什么？’哈利急切地问。‘行了，不要再问了，’海格粗暴地说，‘那是一号机密，懂吗？’”

凶猛的守卫者

伴着音乐很容易入睡

“慢慢地，大狗的狂吠声停止了——它摇摇摆摆地晃了几晃，膝盖一软跪下，然后就扑通倒在地板上，沉沉睡去。”

由海格从蛋里孵出，那颗蛋是海格在猪头酒吧跟一个神秘陌生人玩纸牌时赢的

“‘它咬了我以后，海格还怪我吓着它了。我走的时候，还听见海格在给它唱摇篮曲呢。’”

罗恩·韦斯莱

诺伯

挪威脊背龙

有自己的玩具熊

每半小时喂一桶掺有鸡血的白兰地；短短一星期身长增加三倍

“‘天哪，你们看，它认识它的妈妈！’”

鲁伯·海格

被查理·韦斯莱的朋友们带去了罗马尼亚

“‘如果有人想找什么东西，他们只需跟着蜘蛛，就会找到正确的方向！我就说这么多。’”

鲁伯·海格

Hippogriff

巴克比克

鹰头马身有翼兽
也被称作"蔫翼"

享用一大盘
白鼬肉

巴克比克是海格
第一堂保护神奇
动物课的内容之一

"'记住，关于鹰头马身有翼兽，你们首先需要知道的是它们都很骄傲，'海格说，'鹰头马身有翼兽很容易被冒犯。千万不要去羞辱它们，不然可能会送命的。'"

"鹰头马身有翼兽飞了起来……哈利目送它驮着背上的人越飞越小……然后，一片云从月亮前面飘过……他们不见了。"

由海格在霍格沃茨的一个
碗柜里从卵里孵出

爱流口水

有点胆小

牙牙

大猎狗

经常陪伴在海格
身边；很重感情

阿拉戈克

八眼巨蛛

"'当我还没有从卵里孵出来时，一个旅游者把我送给了海格。当时海格还只是一个孩子，但他照顾我，把我藏在城堡的一个碗柜里，喂我吃撒在餐桌上的面包屑。海格是我的好朋友，他是一个好人。'"

阿拉戈克

和妻子莫萨格及家人
一起住在禁林里

禁林

1
2
3
4
5
6
7

1 马人

费伦泽、罗南、贝恩和玛格瑞
（从左到右）

2 嗅嗅

3 护树罗锅

4 独角兽

成年及幼崽

5 巨人

格洛普

6 夜骐

7 八眼巨蛛

阿拉戈克和莫萨格

禁林里有橡树、山毛榉和松树等树木，在其中徜徉，还能发现接骨木、冬青、藤蔓和柳树。

有传言说，禁林里还出现过其他生物，包括狼人，甚至一只“不祥”……

草药学

“他们走近温室，看到其他同学都站在外面，等着斯普劳特教授。”

“‘毒触手，魔鬼网，疙瘩藤的荚果……对，我倒要看看食死徒怎么对付这些。’”

斯普劳特教授

跳动的伞菌
泡泡豆荚
里面的豆子一掉到地上就会开花
毒触手
它的种子可以发出哗啦哗啦的声音，是一种C类禁止贸易物品
蟹爪兰
一种无害的植物，但切勿与魔鬼网混淆
属于纳威·隆巴顿
地中海神奇水生植物及其特性
米布米宝
只要有人捅它，就会朝那人喷射臭汁

疙瘩藤

一种食肉的树

这个树桩在静止时看似一块人畜无害的木头

有人想摘取豆荚时，植物会长出藤蔓，朝他们发起进攻

疙瘩藤的豆荚很坚硬，必须用锋利的东西刺破

最好在豆荚新鲜时挤出汁液

参见第74页的水生植物鳃囊草

“第三温室里的植物
更有趣，也更危险。”
当心
曼德拉草
（又叫曼德拉草根）
一种强效恢复剂，用于把被变形的人或中了魔咒的人恢复到原来的状态
曼德拉草的一生
幼苗
曼德拉草幼苗的哭声能让你昏迷几个小时
六个月大
变得喜怒无常，神神秘秘
青春期
警惕：喜欢举办闹哄哄的派对
九个月大
开始到彼此的花盆里串门
成年
成年曼德拉草的哭声，对于任何一个听到它的人来说都是致命的
切碎、炖煮
收集曼德拉草的汁液
曼德拉草药剂
曼德拉草是大多数解毒剂的重要组成部分
当心
当心
振翅灌木
叶子能活动和振颤
巴波块茎
它的脓液是治疗粉刺的最好药物
警告
未经稀释的脓液会引发疖子
魔鬼网
在黑暗和潮湿的环境中茂盛生长；会抓住靠得太近的人
可能致人窒息

神奇动物
“从黑黢黢的森林到明亮的沙漠，从高山的峰顶到遍布泥潭的沼泽……”
亚洲
卡巴
中国火球龙
飞马
隐形兽
凤凰
鸟蛇
拉莫拉鱼
神角畜
鸟形食人怪
绝音鸟
猫豹
大洋洲
秘鲁毒牙龙
沼泽挖子
美洲
希拉克鱼
比利威格虫
火螃蟹
澳洲蛋白眼
海蛇

在哪里
不列颠群岛
小矮妖
马形
水怪
猫狸子
嗅嗅
普通
威尔士绿龙
莫特拉鼠
欧洲
挪威脊背龙
瑞典短鼻龙
匈牙利树蜂
巨怪
鹰头马身
有翼兽
狮身
鹰首兽
马人
八眼巨蛛
禁林
夜骐
独角兽
护树罗锅
霍格沃茨
人鱼
霍格沃茨的湖
格林迪洛
非洲
斯芬克斯
如尼纹蛇
特波疣猪
恶婆鸟
毒角兽
球遁鸟

附录

书中人物

以完全可商榷的顺序出现*

* 投诉请寄给多洛雷斯·乌姆里奇，由魔法部转交

《哈利·波特与魔法石》

弗农·德思礼，佩妮·德思礼，达力·德思礼，
米勒娃·麦格教授，德达洛·迪歌，阿不思·邓布利多教授，
鲁伯·海格　哈利·波特，皮尔·波奇斯，一条巴西巨蟒，
阿拉贝拉·费格，汤姆，科多利，奎里纳斯·奇洛教授，拉环，
摩金夫人，德拉科·马尔福，海德薇，加里克·奥利凡德，
莫丽·韦斯莱，珀西·韦斯莱，弗雷德·韦斯莱，乔治·韦斯莱，
罗恩·韦斯莱，赫梅斯，金妮·韦斯莱，纳威·隆巴顿，
奥古斯塔·隆巴顿，李·乔丹，斑斑，推餐车女巫，
赫敏·格兰杰，文森特·克拉布，格雷戈里·高尔，莱福，
胖修士，差点没头的尼克（即尼古拉斯·德·敏西-波平顿爵士），
西莫·斐尼甘，分院帽，汉娜·艾博，苏珊·博恩斯，
泰瑞·布特，曼蒂·布洛贺，拉文德·布朗，米里森·伯斯德，
贾斯廷·芬列里，莫拉格·麦克道格，莫恩，西奥多·诺特，
潘西·帕金森，帕德玛·佩蒂尔，帕瓦蒂·佩蒂尔，莎莉安·波克斯，
莉莎·杜平，布雷司·沙比尼，血人巴罗，西弗勒斯·斯内普教授，
皮皮鬼，胖夫人，阿格斯·费尔奇，洛丽丝夫人，波莫娜·斯普劳特教授，
卡思伯特·宾斯教授，菲利乌斯·弗立维教授，牙牙，
罗兰达·霍琦女士，奥利弗·伍德，迪安·托马斯，路威，
安吉利娜·约翰逊，马库斯·弗林特，艾丽娅·斯平内特，凯蒂·贝尔，
德里安·普塞，迈尔斯·布莱奇，特伦斯·希格斯，伊尔玛·平斯女士，
莉莉·波特，詹姆·波特，诺伯，波比·庞弗雷女士，罗南，
贝恩，费伦泽，巨乌贼，伏地魔

我们第一次见到的米勒娃·麦格不是一位女巫，而是一只花斑猫，那是她的阿尼马格斯形态。

尼可·勒梅虽然在哈利·波特上霍格沃茨一年级时扮演了重要角色，但并没有踏入学校。

《哈利·波特与密室》

多比，梅森先生，梅森夫人，亚瑟·韦斯莱，埃罗尔，卢修斯·马尔福，
博金先生，格兰杰先生，格兰杰夫人，吉德罗·洛哈特教授，
科林·克里维，哭泣的桃金娘（即桃金娘·沃伦），号哭寡妇，
帕特里克·德莱尼-波德摩爵士，厄尼·麦克米兰，福西特小姐，
奥罗拉·辛尼斯塔教授，福克斯，佩内洛·克里瓦特，
阿芒多·迪佩特教授，汤姆·里德尔，阿拉戈克，
康奈利·福吉，蛇怪

《哈利·波特与阿兹卡班囚徒》

玛姬·德思礼，利皮，小天狼星布莱克，斯坦·桑帕克，
厄恩·普兰，马什女士，福洛林·福斯科，克鲁克山，
莱姆斯·卢平教授，卡多根爵士，西比尔·特里劳尼教授，
巴克比克，塞德里克·迪戈里，安布罗修·弗鲁姆，罗斯默塔女士，
德雷克，秋·张，罗杰·戴维斯，沃林顿，蒙太，
德里克，博尔，沃尔顿·麦克尼尔，小矮星彼得，朱薇琼

小天狼星布莱克第一次出现在哈利面前，是在哈利初次登上骑士公共汽车前不久，哈利误以为他是不祥。

差点成为巴克比克的行刑官的沃尔顿·麦克尼尔，后来以食死徒的身份再次出现。

《哈利·波特与火焰杯》

里德尔先生，里德尔夫人，老汤姆·里德尔，多特，弗兰克·布莱斯，纳吉尼，
比尔·韦斯莱，查理·韦斯莱，阿莫斯·迪戈里，巴兹尔，罗伯茨先生，
凯文，斐尼甘夫人，阿尔奇，卡思伯特·莫克里奇，吉尔伯特·温普尔，
阿诺德·皮斯古德，布罗德里克·博德，克罗克，卢多·巴格曼，
老巴蒂·克劳奇，闪闪，保加利亚的魔法部部长，
纳西莎·马尔福，迪米特洛夫，伊万诺瓦，佐格拉夫，莱弗斯基，沃卡诺夫，
沃尔科夫，威克多尔·克鲁姆，康诺利，巴里·瑞安，特洛伊，马莱特，莫兰，
奎格利，艾丹·林齐，哈桑·穆斯塔发，罗伯茨夫人，丹尼斯·克里维，
斯图尔特·阿克利，马尔科姆·巴多克，埃莉诺·布兰斯通，
欧文·考德韦尔，埃玛·多布斯，劳拉·马德莱，纳塔丽·麦克唐纳，
格雷厄姆·普里查德，奥拉·奎尔克，凯文·威特比，
“疯眼汉”阿拉斯托·穆迪教授，奥利姆·马克西姆女士，
伊戈尔·卡卡洛夫教授，芙蓉·德拉库尔，波利阿科，维奥莱特，
丽塔·斯基特，古怪姐妹，斯特宾斯，
威尔米娜·格拉普兰教授，加布丽·德拉库尔，
人鱼女首领默库斯，克劳奇夫人，小巴蒂·克劳奇，
伯莎·乔金斯，迪戈里夫人，阿波琳·德拉库尔，
埃弗里，克拉布先生，高尔先生，诺特先生

食死徒以神秘莫测著称，总是用兜帽和面具遮住面孔，这使他们难以辨认。

有几位巫师只出现在照片里，但他们在哈利·波特的故事中仍很重要。

《哈利·波特与凤凰社》

莫肯，戈登，蒙顿格斯·弗莱奇，尼法朵拉·唐克斯，
金斯莱·沙克尔，埃非亚斯·多吉，爱米琳·万斯，
斯多吉·波德摩，海丝佳·琼斯，布莱克夫人，克利切，埃里克，
鲍勃，珀金斯，阿米莉亚·博恩斯，多洛雷斯·乌姆里奇，卢娜·洛夫古德，
尤安·阿伯克龙比，罗丝·泽勒，阿不福思·邓布利多，
玛丽埃塔·艾克莫，安东尼·戈德斯坦，迈克尔·科纳，
扎卡赖斯·史密斯，埃弗拉教授，戴丽丝·德文特教授，
菲尼亚斯·奈杰勒斯·布莱克教授，德克斯特·福斯科教授，
弗兰克·隆巴顿，艾丽斯·隆巴顿，塞蒂玛·维克多教授，
帕笛芙夫人，奥古斯特·卢克伍德，德力士，布拉德利，格洛普，
玛格瑞，格丝尔达·玛奇班教授，达芙妮·格林格拉斯，
托福迪教授，贝拉特里克斯·莱斯特兰奇，安东宁·多洛霍夫，威廉森

卡拉克塔库斯·博克是博金-博克魔法制品商店的老板之一。他只出现在邓布利多的冥想盆里。

《哈利·波特与“混血王子”》

英国首相，尤里克·甘普，鲁弗斯·斯克林杰，
霍拉斯·斯拉格霍恩教授，维丽蒂，阿囡，罗米达·万尼，
考迈克·麦克拉根，马科斯·贝尔比，杰克·斯劳珀，鲍勃·奥格登，
莫芬·冈特，马沃罗·冈特，梅洛普·冈特，塞西利娅，德米尔扎·罗宾斯，
吉米·珀克斯，里切·古特，利妮，卡拉克塔库斯·博克，科尔夫人，
厄克特，哈珀，埃尔德·沃普尔，血尼，威基·泰克罗斯，
卡德瓦拉德，赫普兹巴·史密斯，郝琪，阿米库斯·卡罗，
阿莱克托·卡罗，芬里尔·格雷伯克

哈利·波特的教子，泰迪·卢平，只被提及，并未出现。

《哈利·波特与死亡圣器》

亚克斯利，凯瑞迪·布巴吉教授，塞尔温，泰德·唐克斯，
安多米达·唐克斯，德拉库尔先生，谢诺菲留斯·洛夫古德，
穆丽尔姨婆，多尔芬·罗尔，马法尔达·霍普柯克，雷吉纳尔德·卡特莫尔，
艾伯特·伦考恩，皮尔斯·辛克尼斯，瓦坎达，玛丽·卡特莫尔，
格里戈维奇，盖勒特·格林德沃，巴希达·巴沙特，斯卡比奥，
特拉弗斯，马里厄斯，鲍格罗德，阿利安娜·邓布利多，
格雷女士（即海莲娜·拉文克劳），莉莉·波特，阿不思·波特，
詹姆·波特，罗丝·韦斯莱，雨果·韦斯莱，斯科皮·马尔福

阿不福思·邓布利多第一次出现是在《哈利·波特与凤凰社》中的猪头酒吧，然而哈利直到《哈利·波特与死亡圣器》时才意识到他是谁。

魔法部历任部长

1707 – 1718	尤里克·甘普	成立魔法法律执行司
1718 – 1726	达摩克利斯·罗尔	
1726 – 1733	珀尔修斯·帕金森	
1733 – 1747	埃德里奇·迪戈里	建立傲罗招募计划
1747 – 1752	艾伯特·布特	
1752 – 1752	巴兹尔·弗莱克	任期最短的部长
1752 – 1770	赫斯菲斯托斯·戈尔	
1770 – 1781	马克西米兰·克劳迪	
1781 – 1789	波蒂厄斯·纳奇布尔	
1789 – 1798	安克谢斯·奥斯博特	
1798 – 1811	阿特米希亚·勒夫金	成立国际魔法合作司
1811 – 1819	格罗根·斯顿普	成立魔法体育运动司
1819 – 1827	约瑟芬娜·弗林特	
1827 – 1835	奥塔莱恩·甘布尔	
1835 – 1841	拉多福斯·莱斯特兰奇	试图关闭神秘事务司，但该部门对他置之不理
1841 – 1849	霍滕西亚·米里法特	
1849 – 1855	伊万杰琳·奥平顿	
1855 – 1858	普里西拉·杜邦	
1858 – 1865	杜格德·麦克费尔	
1865 – 1903	“喷子”法里斯·斯帕文	任期最长的部长
1903 – 1912	维努西亚·奎克利	
1912 – 1923	阿切尔·埃弗蒙德	
1923 – 1925	洛肯·麦克莱德	
1925 – 1939	赫克托·弗利	
1939 – 1948	伦纳德·斯潘塞–莫恩	
1948 – 1959	威尔米娜·塔夫特	
1959 – 1962	伊格内修斯·塔夫特	
1962 – 1968	诺比·利奇	
1968 – 1975	尤金尼娅·詹肯斯	
1975 – 1980	哈罗德·明彻姆	
1980 – 1990	米里森·巴格诺	
1990 – 1996	康奈利·福吉	
1996 – 1997	鲁弗斯·斯克林杰	
1997 – 1998	皮尔斯·辛克尼斯	
1998 – 至今	金斯莱·沙克尔	

哈利得到的第一批巧克力蛙画片

阿不思·邓布利多
莫佳娜、汉吉斯
阿博瑞克、瑟斯、帕拉瑟
梅林、克丽奥娜

韦斯莱是我们的王

完整歌词

“韦斯莱那个小傻样，
他一个球也不会挡，
斯莱特林人放声唱：
韦斯莱是我们的王。

韦斯莱生在垃圾箱，
他总把球往门里放，
韦斯莱保我赢这场，
韦斯莱是我们的王。

韦斯莱是我们的王，
韦斯莱是我们的王，
他总把球往门里放，
韦斯莱是我们的王。

韦斯莱那个小傻样，
他一个球也不会挡……

韦斯莱是我们的王，
韦斯莱是我们的王，
绝不把球往门里放，
韦斯莱是我们的王……

韦斯莱真真是好样，
一个球都不往门里放，
格兰芬多人放声唱：
韦斯莱是我们的王。

韦斯莱是我们的王，
韦斯莱是我们的王，
绝不把球往门里放，
韦斯莱是我们的王……”

彩趣纷呈

绿色

- 哈利有一双绿色的眼睛
- 哈利记得伏地魔试图杀死他时闪过了一道绿光
- 斯莱特林的颜色是绿色和银色；他们的公共休息室因为位于湖底而映着绿光
- 霍格沃茨来信的信封是用绿色墨水写的
- 活点地图上出现的文字是绿色的
- 麦格教授穿过一件翠绿色的斗篷
- 邓布利多的绿色袍子上绣着许多星星和月亮
- 哈利的礼服长袍是深绿色的
- 韦斯莱夫人送过哈利一件手织的鲜绿色毛衣
- 哈利在古灵阁里的金库打开时冒出了绿色的烟
- 壁炉随着飞路粉燃烧出翠绿色的火焰
- 魔杖在高空发出绿色的火花，示意哈利和先遣警卫可以安全地骑着扫帚离开女贞路
- 格里莫广场12号的客厅有橄榄绿的墙壁和黄绿色的天鹅绒窗帘
- 杀戮咒阿瓦达索命的闪光是绿色的
- 装有那串诅咒凯蒂·贝尔的蛋白石项链的包裹里发出了绿莹莹的光
- 在山洞里，载着邓布利多和哈利穿过黑湖的那只小船发着绿光，把小船从水里拉上来的链条也发着绿光；湖中央朦胧的绿光来自岛上的一个石盆，石盆里有一种翠绿色的发光液体覆盖着挂坠盒
- 海格的摩托车有一个绿色按钮，可以让排气管喷出一堵坚固的砖墙
- 斯莱特林的挂坠盒和鸡蛋一样大，上面有一个用绿色小宝石镶嵌成的华丽的字母“S”
- 丽塔·斯基特给巴希达·巴沙特的便条是用绿得刺眼的尖体字写的
- 斯拉格霍恩教授穿过鲜绿色的丝绸睡衣

紫色

- 邓布利多穿过一件紫色的斗篷，后来在开学晚宴上穿的是一件洒满银色星星的深紫色长袍
- 奇洛教授的头巾是紫色的
- 康奈利·福吉穿过紫色的靴子
- 骑士公共汽车是紫色的
- 邓布利多为霍格沃茨的学生们变出了紫色的睡袋
- 霍格沃茨的来信印着一个紫色的蜡封
- 吃下吐吐糖橙色的一半会感到恶心，吞下紫色的一半会恢复健康
- 在格里莫广场，一套古旧的紫色长袍想要勒死罗恩
- 韦斯莱夫人穿过一件紫色的夹晨衣
- 部门之间传递消息的浅紫色的字条在魔法部大楼里飞来飞去
- 威森加摩的男女巫师都穿着紫红色的长袍，左边胸前有一个精心绣制的字母“W”
- 魔法部发行了一种传授如何防御黑魔法的紫色小册子
- 作为一名易容马格斯，唐克斯可以改变自己的外貌，她的头发有时会变成一种鲜艳夺目的紫色
- 斯拉格霍恩教授给哈利和纳威的请柬是用紫色绸带捆扎的羊皮纸卷
- 亚瑟·韦斯莱给海格的飞行摩托车增加了一个紫色按钮，可以从排气管里喷出龙火
- 当韦斯莱家的食尸鬼被施了魔法，想让它看起来像患了散花痘时，它全身布满了紫色的水疱
- 在哈利的十七岁生日宴上，赫敏用她的魔杖变出金色和紫色的横幅，悬挂在树木和灌木丛上
- 参加比尔和芙蓉的婚礼时，韦斯莱夫人穿着一套崭新的紫色长袍，戴着一顶配套的帽子
- 赫敏穿过一件飘逸的丁香紫色长裙，脚下是配套的高跟鞋
- 婚礼帐篷里有一条紫色的地毯
- 魔法部一层的走廊里铺着紫色的地毯
- 谢诺菲留斯·洛夫古德的茶用戈迪根沏成，像甜菜根汁一样呈深紫色
- 马尔福家客厅的墙壁是深紫色的
- 卢娜给迪安介绍了一种动物，它的耳朵很小，有点像河马的耳朵，不过是紫色的，而且有毛，卢娜说，如果你对它们哼歌，它们就会来——最好是华尔兹，节奏不要太快

魔法世界的一份价目表

通缉
哈利·波特
悬赏金额
10000加隆
K·B
飞路粉
S.P.E.W

药店里的亮闪闪的甲虫小眼珠	5纳特一勺
飞路粉	2西可一勺
家养小精灵权益促进会（S.P.E.W.）会员和徽章	2西可
猪头酒吧的三杯黄油啤酒	6西可
蒙顿格斯·弗莱奇的一袋刺佬儿尖刺	6西可
韦斯莱魔法把戏坊的金丝雀饼干	7西可一块
从木兰花新月街乘坐骑士公共汽车到伦敦	11西可
从格里莫广场12号乘坐骑士公共汽车到霍格沃茨	11西可
霍格沃茨特快列车的小推车上的每种食品都买一些	11西可和7纳特
从木兰花新月街乘坐骑士公共汽车到伦敦，外加热巧克力	13西可
从木兰花新月街乘坐骑士公共汽车到伦敦，外加一个热水袋和一把牙刷，颜色随便挑	15西可
文人居羽毛笔店的一支黑色和金色相间的羽毛笔	15西可和2纳特
药店的龙肝	16西可一盎司
帕笛芙的两杯咖啡	1加隆
韦斯莱魔法把戏坊的无头魔法帽	2加隆一个
韦斯莱嗖嗖–嘭烟火简装火焰盒	5加隆
哈利从奥利凡德购入的魔杖	7加隆
从丽痕书店购入的一本《高级魔药制作》	9加隆
蒙顿格斯·弗莱奇的毒触手种子（弗雷德和乔治为制作速效逃课糖购买）	10加隆
魁地奇世界杯赛的全景望远镜	10加隆
变形勋章	10加隆
萨拉查·斯莱特林的挂坠盒（由卡拉克塔库斯·博克从梅洛普·冈特手里购入）	10加隆
由魔法部幻影显形教员任教、为期十二周的幻影显形课程	12加隆
一品脱巴费醒脑剂（埃迪·卡米切尔售卖）	12加隆
博金–博克黑魔法商店的骷髅	16加隆
独角兽的银角	21加隆一个
一品脱八眼巨蛛的毒汁（霍拉斯·斯拉格霍恩的一个粗略估计）	100加隆
博金–博克黑魔法商店的带着魔咒的项链	1500加隆
魔法部通缉小天狼星布莱克的悬赏奖金	10000加隆
大量的情报	“一袋沉甸甸的加隆”
通缉哈利·波特的悬赏奖金	10000加隆
哈利·波特和他的魔杖（据芬里尔·格雷伯克所说）	200000加隆
格兰芬多宝剑	“一笔小财”

简装火焰盒
嗖嗖–嘭烟火
无头
魔法帽

猫头鹰邮差

特快专递

第一学年

- 海格从口袋里掏出一只皱巴巴的猫头鹰，给邓布利多写信说他找到了哈利
- 一只猫头鹰把《预言家日报》送到岩石小屋的海格手里，然后啄他的外套索要报酬
- 海德薇在哈利进入霍格沃茨后的第一个星期五首次送信，送的是海格请哈利去他的小屋喝茶的邀请函
- 德拉科·马尔福的雕枭经常从家里给他送来糖果和蛋糕
- 一只谷仓猫头鹰丢下了纳威的奶奶寄来的记忆球
- 六只大块头的长耳猫头鹰送来了哈利的光轮2000，这是麦格送给他的秘密礼物
- 海格派猫头鹰去找詹姆和莉莉的同学，让他们寄回照片，他要给哈利做一本相册

第二学年

- 在女贞路的餐厅里，一只谷仓猫头鹰给哈利送来一封未成年人使用魔法警告信，把信丢在了梅森夫人的头上
- 埃罗尔把赫敏的信送到陋居后就昏倒在韦斯莱家的扶手椅上
- 学期开始时，纳威的奶奶经常把他忘记的东西寄给他
- 埃罗尔把莫丽写的一封吼叫信送给罗恩后，掉进了格兰芬多餐桌上的牛奶壶里

·M.O.M.

第三学年

- 在送罗恩寄出的一个窥镜时，昏迷的埃罗尔被另外两只猫头鹰抬进了哈利的卧室
- 一只巨大的谷仓猫头鹰给纳威送来了他奶奶的一封吼叫信
- 在霍格沃茨特快列车上，朱薇琼带着小天狼星的一封信飞向哈利，也从此飞进了罗恩的生活

第四学年

- 小天狼星用色彩鲜艳的鸟给在女贞路的哈利送信
- 哈利从女贞路派海德薇去找他的朋友们要吃的；赫敏让海德薇带回了无糖零食
- 埃罗尔从陋居给哈利送来一个巨大的水果蛋糕和各种风味的夹肉馅饼后，需要五天时间才能缓过劲来
- 在哈利十四岁生日那天，四只猫头鹰送来了四个生日蛋糕，分别来自罗恩、赫敏、海格和小天狼星
- 小猪给哈利送来了魁地奇世界杯决赛的邀请信
- 人们不断地向魔法部发送吼叫信，把珀西最好的一支羽毛笔烧成了炭渣
- 小猪和两只学校的长耳猫头鹰把一整块火腿送给了霍格莫德村的小天狼星
- 一天早上，一只灰色猫头鹰、四只谷仓猫头鹰、一只棕褐色猫头鹰和一只灰林猫头鹰给赫敏送来了一批恐吓信，其中一个信封上沾满巴波块茎的脓液
- 弗雷德和乔治用学校的谷仓猫头鹰向卢多·巴格曼送去勒索信
- 三强争霸赛的第三个项目开始前，小天狼星送给哈利一张好运卡：一张折叠的羊皮纸上印着一个泥泞的爪印

第五学年

- 一天晚上，五只猫头鹰突然飞进女贞路，给哈利送来前往魔法部受审的消息
- 赫敏借海德薇去把她成为级长的喜讯告诉父母
- 赫梅斯给罗恩送来珀西的一封信，警告罗恩魔法部与哈利之间有分歧
- 数不清的猫头鹰落在格兰芬多的餐桌上，带来支持哈利的信件，还有一只长耳猫头鹰送来了一份《唱唱反调》对他的采访

第六学年

- 魔法部用猫头鹰发送小册子，上面印着一些对付食死徒的不太管用的安全建议
- 三只漂亮的棕褐色猫头鹰送来了哈利、罗恩和赫敏的O.W.L.考试成绩

第七学年

- 在第二次巫师战争最激烈的时候，弗雷德和乔治仍然在穆丽尔姨婆的后屋里承接猫头鹰订单业务

摄影 © 黛布拉·赫福德·布朗 © J.K. 罗琳

· J.K. 罗琳 ·

J.K. 罗琳是畅销作品“哈利·波特”系列小说的作者。1990年的一天，罗琳在一列延误的火车上萌生了有关哈利·波特的构想。随后，她勾画出7本书的情节走向，开始动笔，并于1997年在英国出版了该系列的第一部《哈利·波特与魔法石》。又过了10年，直到2007年《哈利·波特与死亡圣器》出版，整个系列才宣告完结。该系列小说在全球范围内销量已逾600,000,000册，被翻译成85种语言，有声书收听量已逾1,000,000,000小时，并被改编成8部轰动一时的电影。

J.K. 罗琳还为慈善组织撰写过3部“哈利·波特”系列的衍生作品，包括《神奇的魁地奇球》和《神奇动物在哪里》（用于为喜剧救济基金会和“荧光闪烁”慈善组织筹集款项），以及《诗翁彼豆故事集》（用于为“荧光闪烁”慈善组织筹集款项）。《神奇动物在哪里》一书又衍生出了以神奇动物学家纽特·斯卡曼德为主角的全新电影系列。

哈利成年后的故事在舞台剧《哈利·波特与被诅咒的孩子》中得以延续，该剧由J.K. 罗琳与编剧杰克·索恩、导演约翰·蒂法尼共同创作，目前正在世界多地上演。

她的作品还有一系列畅销犯罪小说，以及两部独立的儿童文学作品《伊卡狛格》和《平安小猪》。

J.K. 罗琳因其作品获得了许多奖项和荣誉，其中包括大英帝国官佐勋章及荣誉勋爵称号，以及一枚蓝彼得金奖章。

她通过“沃朗”公益信托基金支持着人道主义事业，还是国际儿童保育改革慈善组织“荧光闪烁”的创始人。

目前，J.K. 罗琳与家人一同居住在苏格兰。

若要进一步了解J.K. 罗琳，

请访问：jkrowlingstories.com

致 谢

· 编撰者 ·

戴夫·布朗（Ape Inc Ltd），阿曼达·卡洛，汤姆·哈特利，凯瑞·伍兹

布鲁姆斯伯里出版社的史蒂芬妮·阿姆斯特，曼迪·阿切尔，克莱尔·巴格利，杰西卡·贝尔曼，杰奎·巴特勒，杰西卡·乔治，萨拉·古德温，克莱尔·亨利，罗茜·米恩斯，杰玛·夏普，艾比·肖，杰登·斯奎尔，丹妮尔·韦伯斯特-琼斯

布莱尔公司的罗斯·弗雷泽与克洛伊·华莱士

插画师

· 彼得·格斯 ·

第70—71, 72—73, 86—87, 90—95, 96—97, 118—119,
124—125, 130—131, 146—147, 168—169, 170—171, 172—173页

· 路易丝·洛哈特 ·

第40—41, 48—49, 52—53, 54—55, 56—57, 200—201, 202—203, 204—205, 206页

· 麦玮桐 ·

第16—17, 22—23, 24—25, 26—27, 28—29, 30—31, 32—33, 74—75, 76—77,
116—117, 136—137, 138—139, 144—145, 150—151, 166—167, 196—197页

· 奥莉亚·穆扎 ·

第18—19, 68—69, 78—79, 112—113, 114—115, 188—189页

· 范光福 ·

第34—35, 44—45, 60—61, 62—63, 66—67, 120—121, 134—135,
142—143, 148—149, 162—163, 178—179, 180—181, 182—183, 184—185,
186—187, 198—199页，封面插画

· 李维·平菲尔德 ·

第50—51, 98—99, 100—101, 102—103, 104—105,
126—127, 128—129, 156—157, 158—159, 174—175, 190—195页

· 托米斯拉夫·托米奇 ·

第10—11, 12—13, 20—21, 38—39, 42—43, 46—47,
58—59, 80—81, 82—83, 84—85, 106—107, 108—109, 110—111,
122—123, 140—141, 152—153, 154—155, 164—165页